転生程度で胸の穴は埋まらない

著
ニテーロン

イラスト
一色

THE HOLE IN MY HEART CANNOT BE FILLED
WITH REINCARNATION

【——訓練は、辛い？】

SCENE 1
神様

「……顕現」

SCENE 2

―✝ 掃討 ✝―

冷静に考えれば、
そんな慕われている姫をメイドとして
顎で使う男が今のコノエだった。

……これは大丈夫なのだろうか。
少し不安になる。
裏で変な噂を立てられたりしていないだろうか。
色ボケとかろくでなしとか。
SCENE 3
メイド服

CONTENTS

転生程度で
胸の穴は
埋まらない
著 ニテーロン
イラスト 一色

CHARACTER

コノエ

転生者。
前世のトラウマの解消のため、
努力の末アデプトになる。

テルネリカ

シルメニア家に生まれた
エルフの少女。

教官

生命魔法の学舎の教官。
世界最強。

神様

世界を守る神様の一柱、
生命神の分体。
翼の生えた純白の少女。

能力階級区分

最下級	――趣味の努力
下級	――職業の努力
中級	――凡人の限界
上級	――秀才の限界
最上級	――天才の限界
アデプト	――生命の限界

冒険者ギルド指定
†魔物の階級　全七段階†

◦	最下級	魔鼠《まそ》など	駆け出し冒険者
◎	下級	ゴブリンなど	一般冒険者
◈	中級	ガルムなど	ベテラン冒険者
◊	上級	トロールなど	才ある冒険者
✲	最上級	デーモンなど	最高ランク冒険者
✳	災害級	下級竜など	アデプトなど英雄
✴	災厄級	上級竜など	アデプトなど英雄

第一章　異世界転生

THE HOLE IN MY HEART CANNOT BE FILLED WITH REINCARNATION

1

コノエが異世界に召喚されたのはとある春の日のことだった。

日本で死んで、気付いたら広間にいた。

意識が薄れて、目を瞑《つぶ》って、開いたときには別の場所だった。

「……？」

訳が分からなかった。呆然《ぼうぜん》としていた。だってコノエは病死したはずだった。

健康診断で発覚して、たった三カ月で死んだ。

まだ二十代だったからか進行が速くて、病に気付いたときにはもう手遅れだった。苦しんで、苦しんで、その果てに一人で死んで。それなのに、目を開くと何故《なぜ》か知らない場所にいた。

「……？？？」

連続性が無かった。混乱して、周囲を見た。

周りには似たような人達が沢山いて、でも彼らもコノエと同じく呆然《ぼうぜん》としていた。

理解できなくて、どういうことかと頭を抱えて。

頬をつねったり、夢なのではと目を開いたり閉じたりもして――。

――そんな状態がしばらく続いた頃。

唐突に広間の壁が開いて、一人の男が入ってきた。そして言った。

「我らはあなた方の世界の技術が欲しい」

◆

それから三十日が経《た》った。その間にコノエが学んだのは、この異世界は停滞しているということだ。

そして停滞を打破するために、地球から技術者や科学者を召喚しているということ。

コノエが召喚されたのも、その一環であって——しかし、一つ問題があった。この世界の召喚魔法には人を選ぶ機能がなく、死人の魂を大雑把に連れてきているらしい。

なので、結果として無関係な人間も沢山召喚されていて、何を隠そうコノエもその一人だった。残念ながら、コノエには求められる知識も技能もなかった。

つまり、一言で言うのなら巻き込まれただけのモブだった。

いてもいなくてもいい人間であって——。

「——はい、ではテストを回収しますね」

なので、そんなコノエは特に役目もなく、この世界に来てしばらく経《た》った今も、こうしてテストなんかに励んでいた。

現在地はコノエを召喚した国の、教育施設の一室。

周囲には多くの転生者がいて、その中に交ざっている。

ちなみにテストはこの世界の地理について。世界の広さとか国の名前とか。地下の話とか。

「…………」

……まあコノエが聞いた話では、この知識、施設を出た後はあんまり役に立たないらしいけれど。だから、他の転生者たちは結構適当に受けているようで――しかし、コノエは真面目に勉強してこのテストを受けていた。

理由？　理由は他にすることがないから。

「…………」

コノエは小さくため息を吐きながら、先ほどのテストの内容を思い出す。

この国と、惑星の広さについて。国は地球のユーラシア大陸くらいの広さがあって、惑星は地球の何倍も大きいらしい。

そして惑星の地下にはゲームよろしくダンジョンがあって、ダンジョンからは魔物と病が溢《あふ》れている。そんなダンジョンは恐ろしい邪神の陰謀であるそうだ。

ダンジョンを破壊するのがこの世界に生まれた者の使命で、そのために神様も人類に力を貸してくれていて――。

――残念ながら、その使命は現状詰んでいるらしい。

◆

現状を端的に言うと、ダンジョンが広すぎたようだ。

この世界の地下深くに広がるそれは、確認できているだけでも、とても広いこの惑星のさらに数倍はあるのだとか。

超巨大にして、果ての見えないダンジョン。人の足での踏破は到底無理な規模で、移動手段としてファンタジーな転移魔法なんてものはあるけれど、しかし属人的な技能であり技術なので全く数が足りていないらしい。

要するに、敵が強いとかじゃなくて物理的に攻略が不可能だった。

どうやら邪神は攻略させる気がないようだ。おのれ卑怯《ひきょう》だぞと言いたいところだが、ゲームならぬ現実の生存戦略としては極めて真っ当だった。

結果として数百年間攻略は進んでなくて、しかし、その間も魔物は溢《あふ》れ続け、病は蔓延《まんえん》し続けている。だから、現状を打破するためにはブレイクスルーが必要だった。

それはあるいは異界の機械技術とか、車とか電車とか飛行機とか。それも一品モノではなく工業化され、大量生産できる仕組みが。

つまり、地球人たちはその目的のために呼び出されたということだ。

◆

「終わった終わった」

「何食べに行くー？」

テストが終わり、周囲の転生者たちはすぐさま立ち上がって教室から出て行く。

この世界に来てしばらく経《た》つ。コノエを含め皆この世界に慣れ始めていた。

転生者は、別に閉じ込められているわけではない。なので課題が終わった後は色々な場所に行っているようだった。街に下りたり、小遣いもあるのでそこで遊んだりとか。

「…………」

……まあ、コノエはそんなことしていないんだけど。

ずっと勉強していた。友達とかいないので、一人で。今も誰とも目を合わせないように俯《うつむ》いている。

──それがコノエだ。完全にコミュ障だった。

◆

数分後、コノエは顔を上げる。

そして、一通り人がいなくなった後の教室から出た。遠目に、皆楽しそうだよなぁ、なんて思いながら。

「…………」

廊下を歩きながらコノエが外を見ると、多くの転生者が明るい雰囲気で歩いている。

その中に悲観的な人はいない。見える限りでは一人もだ。

皆、楽しそうに笑ったり、すれ違った金髪の少女たち――おそらくはエルフの少女に挨拶なんてしている。異世界にも異種族にも慣れていて、怖がることも絶望することもない。

……それを、コノエはある意味で異常だと思う。

だって、転生者は地球とは全く違う異世界に呼び出された。財産もなければ知識もなく、常識もなければ物価も分からないような所にいる。

そんな場所で、身寄りもなく一人ぼっち。普通なら悲観してもいい状況じゃないだろうか。不安になって眠れなくても不思議じゃない。でも、それなのに皆が楽観的に過ごしているし、笑っている。その理由は……。

(――神様のおかげ、か)

一言でいうと、そうなる。転生者は色々と神様に優遇してもらえるらしい。

どうやら、ご厚意で普通に暮らすだけならおつりが来るくらいの力をもらえるようだ。実際に一年前に呼ばれた転生者が笑いながらそう説明していた。

だから、それを知っているから、無邪気に遊んでいられる。保証があるからだ。

（……ありがたいな）

これは当然、コノエとしても助かる話だ。だってコノエは凡人だ。ホラー映画なら真っ先に画面の外で死ぬタイプの人間だという自覚がある。

……まあ、とは言っても、コノエは疑《うたぐ》り深《ぶか》いので最初は都合が良すぎて疑わしいとも思ったけれど。しかし、ここ三十日見てきた限り、どうやら本当らしかった。

（……神様に感謝しないと）

心から、そう思う。教わった動きで指で十字を切り、感謝の祈りを捧《ささ》げながら。だってそうじゃなければ、こうしてのんびり歩くなんて出来なかっただろうし、と――。

「――あれ、君は……コノエ君だったかな？」

「……！」

――それは、祈り終えた、そんなときだった。コノエはふと、横から声を掛けられた。

◆

唐突に飛んできた自分の名前に、コノエの肩が跳ねる。

「………教官」

「や、この前の授業ぶりだね」

なんとか冷静を装《よそお》いながら声の方を見ると、何度か授業を担当していた教官がそこにいた。

二十代前半くらいの外見の女性だ。ふわふわした長い銀色の髪と真っ白なコートが特徴的だった。そんな教官がコノエに軽い足取りで近づいて来る。

「ねえ、聞いたよ？　君、頑張ってるんだってね。すごく成績がいいらしいじゃない」

そして、唐突に褒めてくる。

出席率もいいし、寮内での行動も模範的みたいだし、真面目なんだね、と。

そんな言葉にコノエは……。

「……ありがとうございます。真面目だけが取り柄です」

声が上ずらないように注意しながら、なんとか返す。事務的な会話はギリギリ出来るけれど、雑談は出来ないくらいのコミュ障。それがコノエだった。

……ギリギリ出来る、というだけで、いつも困ってはいるけれど。

この教官が美人なのも良くなかった。コノエは相手が美人だと近づくより逃げたくなるタイプのコミュ障だった。

「ふんふん、そうなんだ。真面目が取り柄なんだ」

でも、そうやって困っているコノエをよそに、教官はさらに近づいてくる。

近い距離。教官の顔がよく見える。地球ではなかなか見られないレベルの美人。

……しかし、コノエはその状況を役得などとは思わない。むしろ顔を逸《そ》らして、もっと離れようとして。

「時に、君」

「……え、はい」

「加護はもう決めたかな？」

そんなコノエに、教官は問いかけた。

◆

——加護とはなにか。

それはこの世界の誰もが持つ力にして、神様が授けてくれるものだ。この世界には沢山の神様がいて、神様の権能ごとに違う加護を与えてくれる。そう習っていた。

魔法の力を高めてくれたり、技術が身に付くのが早くなったりするような、そんな特別な力だ。しかし、血筋や環境によって左右されるので、何の加護を貰《もら》うか選べないらしい。

少し不自由な力でもあって、加護が違うからと夢を閉ざされるケースも多いそうで。

——でも、転生者は加護を選ぶことが出来る。

そしてその権利こそが転生者に与えられた最も大きい優遇だった。

転生者は血も育ちも関係ないので自由に選べる。しかもいくらかおまけしてくれるらしい。

選ぶ加護はどんなものでもいい。ダンジョン攻略に役立つ力でも、生産系の力でもだ。

自由度が高すぎて、逆に困るなんて贅沢《ぜいたく》な悩みもあるくらいで——。

◆

「——加護は、まだ決めていません」

コノエも決めかねているところだった。

なんとなく空間魔法の加護が浮かんでいるけれど、これといった決め手もない。他の人達は互いに相談しているそうだけど、コノエにそんな相手はいないし。

……しかしそれがどうしたと。

「へぇ、そっかそっか！」

「——!?」

——そこで、突然教官がコノエの肩をポンポンと叩《たた》く。

コノエは不意の接触に驚き、びくりと体を跳ねさせて。

「なら一つ、おすすめの加護があるよ」

「…………え？」

「生命魔法にしよう、そうしよう」

真面目な君にぴったりだ、と教官は言う。

——生命魔法？

「加護が強くないと一流にはなれないし、かなりの努力は必要だけどね。転生者なら加護の強さは保証されてるし、ぴったりだよ」

「……」

「どうかな？　製造系ほど師弟関係に厳しくないし、そこらへんの魔法より遥《はる》かに稼ぎやすいし……とんでもなく儲《もう》かるよ？」

生命魔法はコノエも聞いている。一言でいうと、治癒魔法——怪我《けが》や病気を治す魔法だ。他の魔法でも治療は出来るらしいけれど、治すという意味では生命魔法が一番強力なのだとか。つまり、癒《いや》しに特化した医者の魔法だ。それはまあ、儲《もう》かると思う。

実は最初は候補の一つに挙げていて……でも、空間魔法の方が色々出来て良いなと思って忘れていた。魔法使いなら誰でもちょっとした怪我《けが》なら治せると聞いたし。

でも、そんなコノエの肩を、教官は少し強く摑《つか》んで——。

「——あそこの建物を見て？　そう、あの大きな建物。あれは実は貴族の屋敷《やしき》じゃないんだよ。生命魔法使いの家。あれくらいの建物は簡単に維持出来るくらい稼げるというわけだね」

「……は、はあ」

「——あと、生命魔法は治癒だけじゃなくて身体強化も強力だよ。冒険者としても活躍出来る。知ってるかな？　年に一度の武闘会。ここ数十年の優勝者は生命魔法の使い手だよ」

「……なるほど」

「——爵位を得た者も沢山いるよ。生命魔法の使い手は上流階級とも伝手《つて》を作りやすいし、成果も出しやすい。少なくとも冒険者として身を立てるよりはよほど簡単だよ」

「……そうなんですか」

——困惑するコノエを、教官の怒濤《どとう》のオススメが襲う。

コノエはそれに驚きつつ、しかし真面目に聞く。どんな時でも真面目であろうとするのが己の唯一の長所であるとコノエは自負していた。

「寿命も長くなるよ。まあ魔力や生命力を伸ばせば誰しも寿命は長くなるけど、生命魔法は一《ひと》際《きわ》長い間若く、綺麗《きれい》でいられるよ」

「……なるほど？」

教官は次から次へと生命魔法をアピールしてくる。

ここがいいぞ、あそこがいいぞ、と言うのをコノエは真剣な顔で聞きつつ……。

（——しかし、なんというか）

そんな教官に、コノエはなんだか良《い》いことしか言わない人だな、と思う。

デメリットを全く言わないところが胡散臭《うさんくさ》いな、とも。

コノエはとても疑《うたぐ》り深《ぶか》い。真面目なのと同じくらいには疑《うたぐ》り深《ぶか》い。

ぼっちも陰キャも疑《うたぐ》り深《ぶか》さも、一度死んだくらいでは直らなかった。コノエは基本的に、何でもまず疑うことから入る性格だった。

「……」

まあ、相手は教官だし、信じたいところではあったけれど。

でも、美味すぎる話だった。詐欺師は都合の良《い》いことばかり言うものだし、あと美人というのもこの場合はマイナス要素だった。美人局《つつもたせ》。

「……わかりました、選択肢の一つとして考えさせていただきます」

なので適当な断り文句を言って、その場を去ろうとし――。

「まあ待って。なにか目標はない？　努力は必要だけどなんでも叶《かな》うんだよ？」

――しかし教官は肩を摑《つか》み、引き留める。

コノエはそう言うから逆に怪しいんだけどな、と思い。

「疑っているの？　私の言葉に嘘《うそ》はないよ。悪意もない。ただ、生命魔法で一流になれる人は数が少なくてさ。一人でも多く挑戦して欲しいという一心でこうして勧めているの。――なんなら、神に誓うよ。今回君に話す生命魔法について、私の言葉に嘘《うそ》はないと」

「……神に？」

驚く。この世界において神に誓うという言葉は重いと知っていたからだ。

その誓いは絶対で、破れば加護が減って、弱くなって、それまでの努力が無駄になるらしい。

決して気軽に言うなと全ての教官が言っていた。過去に適当なことを言って折角の加護を失った転生者の話も聞いている。同じ話は図書室の本にも書いてあった。

——なので、信憑《しんぴょう》性は確かに増した。

「そう、信じてくれたなら、もう一度考えて」

コノエを両目で見据えながら教官はゆっくりと言う。

「金でも、名誉でも——そして女でも何でも手に入る。ハーレムも簡単だよ。絶世の美女奴隷を百人でも買ってきて侍《はべ》らせることもできるよ？」

……奴隷、ハーレム？

2

——奴隷ハーレム。

それは一昔前から日本の創作物の中で見られるようになった言葉だ。

主人公が美女の奴隷を買って、囲まれて。イチャイチャしたりして。

優しくしたり、好かれたり。逆に酷《ひど》いことをしたり、憎まれたり。

まあそんな感じの話だ。内容的には色々と種類もあって、近年では一言でこれと言えるようなものではなくなっていたけれど、大体そういうヤツだった。

要するに、男の夢と言える。以前コノエもそういう話を読んだことがあった。

――だから、教官の言葉に思わず心が揺れた。

だって、うらやましいと思っていた。思春期にそういう物語を読んで、ベッドの中で妄想しなかった人間がどれくらいいるだろうか。

奴隷なら、こんな自分でも愛してもらえるかもしれない。異世界なら、誰かと共に歩んでいけるのかもしれない。そんな妄想。

でもありえなくて、叶《かな》うはずがなくて、ため息を吐いて諦めた。意味がない、下らないと。

それなのに、そんな妄想が――。

◆

「へぇ、奴隷のハーレムがお望みかな？」

――いきなり現実に飛び出してきた。

「なるほど、なるほど」

「……あ、いや」

女性の前で奴隷ハーレムなんて言葉に反応してしまって焦《あせ》るコノエに、しかし、にやりと教官が笑う。そして、何度もうんうんと頷《うなず》きながら肩をポンポンと叩《たた》いてきた。

「いいじゃないの。男の夢だもんね？」

「……いや、その」

わかるわかる。男ってそんなもんだよねと。

こういうのは世界が変わっても同じだね、なんて言う。

「期待していいよ。何人でも、何十人でも大丈夫。生命魔法を習得し、認められ──アデプトになれば。金貨千枚とか簡単に稼げるから」

奴隷商に行って、可愛《かわい》い子を片っ端から買えるよ！　と。

あまりにあけすけな態度に、コノエも引くを通り越して真面目に聞いてしまう。

「都に屋敷《やしき》を買って、沢山の奴隷を侍《はべ》らせて──うん、まあ、訓練は厳しいけど、それさえ乗り越えればあとはヤリたい放題というわけだね！」

教官が、どう？　いいでしょ？　すごいでしょ？　と、すごく都合のいいことを言う。コノエの肩をパンパンと叩《たた》く。

衝撃にコノエの視界が揺れて──同時に、少しだけ、心も揺れていた。

「あそこを見て？　エルフの娘達がいるよね？」

教官の指先につられて視線が動く。そこには先ほど見たエルフの少女達がいた。地球人と明るく挨拶していた、金髪の美しい少女たち。

その金色は、太陽の下でただただ輝いている。地球にはない異界の美がそこにある。

「君たちの世界にはエルフって居ないんだよね？　あんな娘たちだって、きっと好きに出来る」

「……」

コノエは目を泳がせる。本当に？　そんなことが、現実に？

嘘《うそ》じゃないかと思って——でも、先ほど教官は神に誓っていた。

それなら、こんな自分にも、本当に奴隷ハーレムが？

それは、つまり——。

『——僕の人生に、意味はあったのかな』

——今度は、一人ぼっちの病室で死ななくてもいいんだろうか。

今度は、どうでもいい誰かじゃなくて、今度は、邪魔な誰かじゃなくて。コミュ障でも、まともに人と関係を築けなくても、今度こそは誰かと一緒に。

「アデプトへの道は大変だけど、真面目で努力家な君ならきっと大丈夫。安心して？　生命魔法は教育が手厚いから。何年でも、何十年でもしっかり最後まで面倒を見るよ」

「——」

……揺れる。心が揺れていた。なんだか訓練が厳しいとか聞こえた気がするけれど、それが気にならなくなるくらいには、揺れていた。

「――神に、誓うよ。私に下心はなく、悪意もなく、人のため、世のため、神のために、見込みのある君をスカウトしているんだって」

（……見込みがある？　僕が？　本当に？　真面目だから？）

コノエには真面目だという自負はあった。そういう風に生きてきた。そうしないと、立場を築けなかった。邪魔者のコノエ。雑談一つまともに出来ないコノエ。社会の中で生きるには、真面目の皮を被《かぶ》るしかなかった。

「……」

生命魔法を習得すれば金を沢山稼げるかもしれない。

金を稼げば、奴隷のハーレムを作れるかもしれない。

今度こそ、人に囲まれて生きていけるかもしれない。

そう思うと、目が眩《くら》んだ。どれだけ苦しんでも手を伸ばしてくれる人すらおらず、死んで悲しんでくれる人もいない。そんな最後だけは、もう――。

（――いやいや、待て。落ち着け）

脳がグラグラと揺れていて、しかし、そこでコノエは冷静になる。

長年培《つちか》ってきた疑《うたぐ》り深《ぶか》さがコノエを引き留める。

そして何度も落ち着けと自分に言い聞かせた。そんなに都合よくいくわけないだろと。これまでの人生でそんなに旨《うま》くいったことなんてなかっただろと。

（……そうだ、そもそも奴隷なんか買ったって）

そもそもの話、奴隷を買ったって自分では旨《うま》くいく訳がない、と思う。

この世界の奴隷制の知識はないが、ここは物語ではなく現実であって、いくら奴隷と言っても自由意思はあるはずだ。好きになる人を選ぶ権利はあるはず。

奴隷を買うことはできるかもしれない。でもその先で仲良くできるかは、主の器量次第だ。つまり、友人すらまともに作れない人間にはハーレムなど不可能。好かれるどころか裏で陰口を叩《たた》かれて、傷ついて、ハーレムのはずが逆に孤立してしまいそうだ。

「どうしたの？」

教官が不思議そうな顔をして問いかける。コノエが突然冷静になったからだろう。

「……いえ、やはり止めておこうと。では失礼します」

「え、なんで？　待って待って」

無理やり逃げようとして、また捕まる。肩を摑《つか》まれる。

なので、コノエは先ほど考えたことを仕方なしに口にする。

人には身の程というものがあること。自分のような人間に、ハーレムの維持はできないこと。人間関係的に、早晩破綻することなどを、説明した。

――だから僕は、今まで通りもっと無難な生き方をするべきだ。そう思って。

「うーん、維持、そして人間関係かぁ。……大丈夫！　それなら心配はいらないよ！」

「──え？」

あははと、教官が笑う。そして、コノエの肩に置いた手に力を込める。

「そう思うのなら、むしろ君はアデプトになるべきじゃないかな」

教官は至近距離でコノエを見つめ、にっこりと笑みを浮かべて──。

「──いいかな？　奴隷には基本的に人権がないの。命令を拒否する権利もない」

「……」

「そして、生命魔法を極めた者、アデプトはその職務上人より多くのことを許可されているの。例えば、特殊な薬の使用許可とかも。他の加護ではそうはいかないよ？　錬金術師は作れるけれど、使用は禁止されているし」

「……それが、なんだと」

「聞いて。つまり、アデプトなら──惚れ薬《きんしゃくぶつ》を、使える」

「──」

──コノエは。それに。

誰からも必要とされなかったコノエは。

誰ともまともに話せなかったコノエは。

「…………………………………………はい」

コノエは、欲望に負けた。

目の前にぶら下げられたニンジンに、全力で飛びついたんだ。

◆

——惚《ほ》れ薬について、コノエは思う。

人を、強制的に惚《ほ》れさせる薬。人の感情を好き勝手に弄《いじ》る悪魔の薬物。

あまりにも身勝手で、道から外れている薬だ。

日本で培《つちか》った倫理観が悲鳴を上げていて、頭の中の冷静な部分が屑《くず》と己を罵ってくる。

許されるはずがない。許していいはずがない。

「……」

でも……ほかに、方法があるだろうか。

二十年以上生きてきて、誰ともまともに関わることが出来なかったコノエ。どこに行っても孤立してきたコノエ。まともに目を見て話すことも苦手なコノエ。

そんなコノエに他の方法なんて思いつかなかった。

想《おも》うのは、ただ一つ。こんなコミュ障でも。

(……惚《ほ》れ薬なら、僕みたいな人間でも、誰かの一番になれるんだろうか)

誰かにとっての特別。大切なナニか。

ずっと憧れていたそれに、自分もなれるのだろうかと――。

◆

――そして数日が経《た》つ。

その日、転生者の講習が終わった。

転生者たちは一部を除いて皆寮を出て、己の選んだ道を歩き出す。それぞれの選んだ加護を手に入れるために、戦士になるものは戦士ギルドへ向かい、魔法使いになりたいものは魔法ギルドへ向かう。

「……」

そして、コノエもまた生命魔法ギルドの扉を叩《たた》いた。

ひとしきり歓迎され、しかし「ありがとうございます」と「頑張ります」としか言えない自分にげんなりした後、ギルドの奥へと連れていかれる。すると、そこには話に聞いていた神様の分体がいた。

神様は背中に天使のような翼が生えた、真っ白な少女の姿をしていた。

美しい顔で、邪気なんてない瞳で、コノエを歓迎していた。

『汝《なんじ》、生命の道に進むことを望みますか？』

それにコノエは。

「――はい」

目を少し逸《そ》らし、一言で返す。失礼だと思ったけれど、目を見ていられなかった。

でも神様はそんなコノエにまた笑いかける。

『では、祝福を。あなたの行く先が、多くの笑顔で溢《あふ》れていますように』

その言葉と共に、周囲を光が満たす。

コノエは体の中に何か温かいものが宿ったのを感じて――。

◆

――そして、さらに三十日後。

コノエは訓練場の片隅で死にかけていた。

3

「――が、あぁぁああ、あぁぁ」

コノエは血を吐く。胃の中身を吐く。悲鳴が漏れる。痛みに脳髄が支配されている。

グラグラと脳が揺れて、今蹲《うずくま》っている訓練場の床が不安定なシーソーに変わった気がした。

「立ちなさい。魔物は私のように待ってはくれないよ？」

教官の声が頭上から降ってくる。

コノエを誘ったのと同じ教官。しかし声にあの日の優しさはない。

「……ぐ、……っ！」

苦しくて、でもなにかが風を切るような音がして、とっさにコノエは横に転がる。さっきまでいた場所に訓練用の槍《やり》が刺さる。コノエは、自らが吐いた血反吐《ちへど》に塗れながら立ち上がって。

「……ぅ、がぁ！」

鉛のような手足を必死に動かして走り始める。

そうしなければもっと酷《ひど》い目に遭うことを知っているからだ。

そして、走りながら思う。

まあ、そうなるよね、と。

最初から分かっていた。そんなに都合よくいくわけがない。

そんな人生をコノエは送っていない。世の中は厳しいものだ。そもそも、訓練が厳しいとか大変とか教官が言っていたのをあえて無視したのはコノエだった。

少し考えれば分かることだ。金が儲《もう》かる。名誉が手に入る。ただそれだけだと言うのなら、なぜわざわざ勧誘なんてしているのか。普通なら勝手に人が寄ってくるはずで、そうなっていない時点で、とんでもない地雷要素があるに決まっていた。

「——はぁ、はぁっ」

だから今、コノエは調子に乗ったものの末路と言わんばかりに苦しんでいる。必死に手と足を動かしている。過酷すぎる訓練に死にかけながら、血反吐《ちへど》に塗れて走っている。

「走るのなら魔力を回しなさい。全力で体を強化しなさい——出来ないのなら、死になさい。大丈夫、死んだ後すぐなら蘇生《そせい》も出来るから」

「……っ」

異常な鍛錬。日本ではありえないスパルタ式。

では、それに苦しんでいるコノエは騙《だま》されたのかというと、騙《だま》されていない。

あのとき教官が言っていたことは全てが真実だ。金も手に入る。実績も手に入る。女だって思いのままで、ヤバい薬だって使用は簡単だ。

アデプト——生命魔法を極めた者。

その称号を得れば手に入らないモノはあまりないらしい。大体全てが叶《かな》うらしい。

それは何故《なぜ》かというと——。

「——アデプトとは、人類の守護者。力なき民の、最後の砦《とりで》。敗北は許されない。なによりも強くなければならない」

知らない間にとんでもないものを目指していたとコノエが驚いたのは、訓練の初日だった。

そしてその日以来、コノエは反吐《へど》を吐きながら走っている。痛み続ける全身に覚えたばかりの魔力を無理やり通して走っている。少しでも力を抜けば拳が降ってきて、血反吐《ちへど》を吐かされている。

訓練が終われば体力を生命魔法で回復されて魔法を学び、食事と僅かな休憩以外のほぼ全てを生命魔法のために捧《ささ》げていた。

——曰《いわ》く、凡人が生命魔法を極めるには魔力だけでは足りないらしい。

人外の才の持ち主なら、普通の鍛錬でも極められる。しかし、凡人が極めるためには強靭《きょうじん》な生命力が必要で、生命力を鍛えるためには強くならなければならない、と教官は言った。

不撓《ふとう》不屈の心と、鋼を超える肉体、そして圧倒的な武が必要なのだと。

本来なら取得できない極限の魔法を凡人が身に付けるための訓練。それが、この地獄だった。

「腕が落ちたら足で戦いなさい。足を失えば這《は》って噛《か》みつきなさい。死んでも戦いなさい。無《む》辜《こ》なる民の盾となりなさい。それが、アデプトだ」

——無茶を言うなと言いたかった。そんなことが出来るはずがない。

身体《からだ》は痛くない場所がなくて、心は折れかけている。凡人のコノエはこんな過酷な訓練に耐えられるようには出来ていない。本当は今すぐ逃げ出して辞めると言いたかった。

……でも。

「……‼」

それでもコノエが必死に走るのは、目標があったからだ。

奴隷ハーレム。惚《ほ》れ薬。どれほど外道であっても、間違っていても。今度こそはと。

「コノエ、君は何のためにここに来たの？　君はなぜ、アデプトを目指したの？」

そうだ。努力すれば、きっと手に入る。一人じゃなくなる。頑張れば、その先にはきっと。

——日本では違った。努力してもダメだった。

必要なのはコミュニケーション能力で、それがどうしても手に入らないコノエには権利がなかった。一人で生きることしか出来なかった。だからいつだって一人で、最後も一人でのたうち回って死んだ。

——しかし、この世界なら努力すれば手に入る。

コノエは努力は、勉強は苦手じゃなかった。

ずっと勉強ばかりをしていたからだ。勉強しか、することがなかった。

家庭は崩壊していた。友達は出来なかった。遊ぶだけのお金も、かといって非行に走るだけの度胸もなかった。暇な時間だけがあった。だからずっと机に向かっていた。人より優秀な頭ではなかったけれど、人並みには出来たからあとは努力で何とかした。

金だけは出してもらえたからそこそこの大学にも行って……。

……でも、その結果が。

(──もう、一人で死ぬのは嫌だ)

それが怖かった。隣にいてくれとは言わない。でも、少しでいいから、せめて悲しんでほしかった。そうしてくれさえすれば、コノエは。

『……僕なんて、生まれて来なければよかった』

──最期《さいご》のとき。死の間際《まぎわ》に、あんなこと考えなくても良かったのに。

「……っ、はぁ、はぁ、っ、はぁ！」

だから、今度こそはとコノエは走る。

反吐《へど》を飲み込んで、痛みを無視して、必死に前へ前へと足を動かして──。

◆

──そして一年後。コノエは普通に心が折れた。

「……無理でしょこれ」

◆

アデプトは、凡人には荷が重かった。

流石《さすが》に無理だったと思う。

朝から晩まで終わらない訓練と学習。一つ越えたらすぐにもう一つ先のノルマを設定され、訓練に慣れたと思ったらもう一段階キツイ訓練を設定される。

そんな毎日にとうとうコノエは心が折れてしまった。

というか、よく一年も持ったと言えるだろう。以前コノエは小耳にはさんだことがある。過去同じ地球からの転生者が何十人もアデプトになるべく挑戦していて、その全員が十日経《た》たないうちに逃げ出していると。実はコノエはほぼ最初から最高記録を更新中だった。

あまりにも苛烈な訓練は、人を選ぶ。『何も背負っていない人間に、アデプトの訓練は耐えられない』と言われていることをコノエは知っていた。

（――諦めよう）

もう十分頑張った、と思う。

そこそこ強くなったからここを出ても十分暮らしていけるはずだ、とも。

最近、コノエは訓練で冒険者ギルドで中級に分類される魔物を倒していた。加えて、中級の治癒魔法も使えるようになった。

それがどれくらいの価値を持つのかといえば……この国ではどのような分野でも下級に到達出来たら最低限食べていけるくらいには稼げると聞いていた。贅沢《ぜいたく》は出来ないけれど、一家で慎《つつ》ましやかな生活は出来ると。

そういう社会の中で、コノエは二つの分野で中級に至っている。これは生活するだけなら十分すぎるくらいだった。

なお、普通の鍛錬なら凡人が中級の治癒魔法を習得するには二十年かかるようだ。コノエはそれを聞いて喜ぶより先に愕然《がくぜん》とした。どれだけ過酷なことをしていたんだと。

(……まあ、結局僕に惚《ほ》れ薬で奴隷ハーレムなんて無理だったんだ)

コノエは折れた心でそう思う。人には、分相応というものがあるのだと。自分みたいな凡人には過ぎた夢だったのだと。

「…………」

――だから、その日の深夜。

辞めますと教官に言うために、コノエは訓練が終わった後、学舎の廊下を歩く。

アデプトの訓練は続けるのは難しくても、辞めるのは簡単だ。

一言、教官に辞めると言えばいい。そんな人をこれまでに何人も見てきた。だからこれまで何度も見送ってきたように、コノエも。

「…………?」

――そんなときだった。ふと気づく。

教官の部屋に続く廊下に、何かがいる。いや、何かじゃない。知っている。見たことがある。

真っ白な翼と、真っ白な髪の毛。現実とは思えないような美しい顔立ち。赤い目。その輝きが廊下の片隅からコノエをじっと見ている。

——神様が、そこにいた。

4

教官の部屋へと続く大きな廊下。その片隅の柱から、コノエを見ている影がある。

静まり返った深夜の空気の中。壁のランプだけが照らす薄暗い場所でも輝く、真っ白な人影。

——神様だ。

生命魔法の神様の分体。作り物のように美しい少女がこちらをじっと見ていた。

「……？」

……コノエは、なぜだろう。そんな神様の顔が少し悲しげに見える。

どうしてそんな目で僕を見るのだろうと思った。

もしかして僕が辞めようとしているのが分かったのだろうかと思って、いやいや、神様は僕ごときが辞めても悲しい顔はしないだろうとも思う。

よく分からなくて、でも自らを見ている神様から目を逸《そ》らすことも出来ない。だから、そのままコノエは、神様と見つめ合った。

「…………」

「…………？」

しばらくして、神様が手招きをする。こっちに来てと言わんばかりに。

神様はコノエに向かって、そんな仕草をする。

「………？」

それに、コノエは振り向いて自らの背後を見る。もしかしたら、誰かがいるのかと思った。

コミュ障の性だ。でも誰もいなくて、また正面を見ると、神様は少し不思議そうな顔をしつつ、
まだ手招きしていた。

コノエは自分の顔を指さす。すると神様はすぐに頷《うなず》いた。

「……」

神様に一歩近づくと、神様も歩き出す、その先には部屋が一つあった。

コノエは後ろを付いていく。頭の中には疑問符が浮いていて、緊張していた。しかし神様に
手招きされて逃げ出せるほど図太くはなかった。

――入った部屋には、机と椅子二つだけが置かれていた。

机の上にはティーセットが置かれていて、お茶菓子も用意してあった。

神様が片方の椅子に座る。そして、もう片方を手の動きでコノエに勧めた。

コノエは、恐る恐る椅子を引いて、座って。そんなコノエを横目に、神様はティーセットに
手を伸ばす。

「…………」

「…………」

神様がお茶をカップに注ぐ。その音だけが部屋に響いている。

そして、お茶は二つのカップに注がれて、片方がコノエの前に置かれる。

神様は、どうぞとジェスチャーをする。

言葉にはしない。この方は祝福などといった特別な時を除いて決して口を開かない。それはコノエも知っていた。

——なぜなら、この世界において神の言葉は絶対だからだ。

この世界の人間は、神に逆らってはならない。逆らえば、加護が失われてしまう。だから、神の言葉は人にとって命令に他ならず、故に、神様は言葉を口にしない。

自らの何気ない言葉が人を苦しめることがあると、この方は知っているからだ。

「……」

今、コノエの目の前には命令ではなく、神様に良かったらどうぞと勧められたお茶とお菓子がある。

「……」

カップに手を伸ばす。ゆっくりと口に含む。

すると良《い》い香りが鼻を抜けていって、ちょうどいい温度のお茶がお腹《なか》の中に落ちていった。

「……おいしい」

思わず呟《つぶや》く。ほう、と息を吐く。緊張していた肩から少し力が抜けた気がした。

……そして、また少し沈黙の時間があって。

ふと、神様がコノエに向かって微笑《ほほえ》み、首を傾《かし》げる。

その仕草にコノエは、何故《なぜ》だか分からないけれど。

【――訓練は、辛《つら》い?】

言葉はなくても、神様にそう問いかけられた気がした。

それに、コノエはようやく現実を認める。神様が今回誘ってくれた理由。この方は自分が訓練から逃げようとしているのを知って、だから声をかけてくれたのだと。

そんな神様に、どう言葉を返そうか悩んで。

「……そうですね、辛《つら》いです」

するりと、誤魔化しのない本音が漏れる。それはお茶で口が緩くなっていたからか、それとも神様の微笑《ほほえ》みがどこまでも優しかったからか。

すると、神様からそっか、という意思が伝わってきた。

【大変だったもんね。ここに来て一年間と少し、よく頑張ったね】

「……ありがとう、ございます」

神様から労《ねぎら》いの雰囲気が伝わってきて、礼を返しつつ驚く。なぜ驚いたのかって、神様、天上のお方がコノエがここに居る期間を知っていたからだ。まさか神様がコノエみたいな見習いのことを知っているとは思わなかったから。

　いやまあ、こうしてわざわざ声をかけてくれるくらいだから、そういうものなのかもしれないけれど。でも神様が自分なんかのことを、と思う。

【でも、もう限界？】

「……はい」

【――うん、そうだね。すごく頑張ってたもんね】

　神様から、寂しそうな雰囲気が伝わってくる。

　残念だと、本気でそう思っているのが伝わってくる。

「……っ」

　コノエは思わず、そんな神様に情けないことを言う自分を恥じる。弱音が恥ずかしくて、そして思わず、やっぱり辞めないと言いそうになって。

「……」

　でも、もう本当に限界だった。だって、もう分かってしまった。

　学舎に来て一年。アデプトの訓練はまだまだ序盤で、しかし先がなんとなく分かるくらいには努力してきた。

　――コノエに、生命魔法の才能はない。

本当に、これっぽっちもない。アデプトを目指し、才溢《あふ》れるものが集う学舎。その中で、きっと一番才能がない。得意な分野でようやく人並み程度、苦手な分野は人の倍は時間がかかるような有様《ありさま》だ。

この一年、後から入ってきたアデプト候補たちにどんどん追い抜かれていった。その度に、先に行く彼らを見送っていた。

己の才のなさを痛感した。コノエなりに努力はしたけれどそれでは足りなかった。どこまでも凡人だった。そして、そんな自分がアデプトになるまで一体何年かかるのかと途方に暮れた。

……だから。もう、限界だった。

奴隷ハーレムなんて、ろくでもない夢は諦めて凡人は凡人らしく生きるべきだと思った。

「……申し訳、ありません。僕では、無理でした」

【……そっか】

「努力が足りないのは分かっています。でもこれ以上は」

【え?】

と、そこで神様から驚いたような雰囲気が伝わってくる。

見ると、大きな目をさらに見開いてパチパチと瞬《まばた》きしている。

【努力が足りない?】

「……? はい」

【それは、絶対に違うよ】

「……え？」

【見てたよ。君が頑張っているのを。毎日、ずっと遅くまで槍《やり》を振っていたよね。休日も遊びに行ったりせずに勉強してたよね。知ってるよ】

——見ていた？　神様が？

神様が言っていることが事実かと言われれば、事実だった。

確かに毎日訓練が終わった後も遅くまで訓練場にいた。休日も遊びには行かなかった。

でもそれは……コノエにとってはある種の逃避だった。

だって、コミュ障だから。寮の部屋に戻っても居場所がなかった。

休日に連れ立って遊びに行く皆に交じることなんて、できるはずもなかった。だから、コノエは訓練や勉強に逃げた。

いつものように。これまで繰り返してきたように。孤独を努力で紛らわせていた。そうやって生きてきたから。

しかし、神様は、そんなコノエに。

【諦めるのは、仕方ないよ。でも、自分の努力を否定しちゃダメ】

「……」

【頑張った自分を、認めて、褒めてあげて？】

神様はコノエを真《ま》っ直《す》ぐに見つめて微笑《ほほえ》みかける。

よく頑張ったねと。すごいよと。褒めてくれる。言葉はなくて、雰囲気だけが伝わってくる。

──そこに嘘《うそ》はなくて、本心から神様はコノエのことを認めてくれている。

それが心に伝わってくる。笑顔は本物で、疑うことが出来ないほど真《ま》っ直《す》ぐに気持ちが伝わってきて。

「……はい」

そんな神様に、コノエはなんだか泣きそうになる。

神様の笑顔に、どういう訳だか何かが満たされた気がする。胸の中にあった知らない欠落が、ほんの少しだけ満たされた気がした。

「……」

……だから。だから不思議だけど。

……もう少し頑張ってみようと、そう思えたんだ。

◆

──その日。コノエは教官の部屋には行かなかった。

神様と別れた後、寮の部屋に戻って、また朝から努力して。

◆

——翌年、コノエはまた心が折れた。

いや、やっぱ無理でしょこれ。

◆

そんなことを一年に一度くらいの頻度で何度も繰り返した。

心が折れて、その度に神様が現れて、また立ち上がった。

何年も、何年も。訓練を重ねて、血を吐いた。

終わりは遥《はる》か遠《とお》く、いくら努力しても前に進んでいるのかもわからない状態で、それでも歩き続けた。

走って、泣いて、血を吐いて。死にかけて、生き返って、また死にかけて。

魔物と戦って、何度も負けて。ようやく勝って、でも次はもっと強い魔物が待っていた。

いつまで経《た》っても才能なんてものは芽生えなくて、何年も後に入った後輩に何百人も抜かれて。そして、諦めて辞めていく人間を学舎から何千人も見送った。

必死に足掻《あが》いて。学んで、学びきれなくて、何度も同じことを繰り返して。

今度こそはと、夢を見た。かつて見た夢。惚れ薬奴隷《だれか》ハーレムを追い求めた。

人に言ったら、アデプトになるより人と話す練習でもしたらと馬鹿にされそうな夢。でもそれが出来ないから、ずっと足掻《あが》き続けた。

下らなくても、みっともなくても。

今生こそは、誰かと。ただただそう願って——。

「——おめでとう、コノエ。君は確かに成し遂げた」

その日、コノエはアデプトになった。

学舎の門を叩《たた》いた日から、二十五年が経《た》っていた。

5

「コノエ、おめでとう」

「……ありがとう、ございます」

そのとき、コノエの胸中に喜びはあまりなかった。脱力感と、これは現実なのだろうかという疑念があった。

——二十五年。日本にいたころも含めて、人生の半分くらい。

才能ある加護持ちは最短十年くらいでアデプトになるため、コノエは最長の部類だ。

長い、長い日々。生命魔法の力で外見こそ若いまま維持されているとはいえ、時間は確かに過ぎ去っている。

同じ時期に学舎に入ったものはもう誰もいない。確か百人くらいがいて、十五年前と十年前くらいに一人ずつアデプトになった。そしてそれ以外はみんな諦めた。

「これが、アデプトの証《あかし》のコートね。でも、知っての通り着用義務はないから。着てもいいし、捨ててもいい。好きにして」

「……はい」

教官から真っ白なコートを手渡される。

二十五年前、コノエを学舎に誘った教官。当時と同じように向き合って立っていて、でもこのコートはあのときなかった。

そう思うと、少しだけ実感がわいてくる。あまり着用している者はいないアデプトのコート。しかし、これは確かにアデプトの象徴だった。

「……」

これまでの日々を思い出す。どうしてここまで頑張れたのだろうと思って、浮かんでくるのは神様のことだった。諦めそうになるたびに、お茶を淹《い》れてくれた。認めてくれた。何年も何年も、ずっと見ていてくれた。

――先日のアデプトの最終試験。神様は離れたところからコノエを見ていた。試験に挑むコノエを見守って、そして、決まったとき大きく拍手してくれた。少し涙目になっていた。伝わってきた。コノエも泣きそうになった。……言葉はなくても、おめでとうと祝ってくれていた。

……だから、コノエは感謝している。

神様の優しさに。コノエにすら手を差し伸べてくれた、その慈悲に。

「……」

手元のアデプトのコートを見る。そこには神様を表す白翼十字の紋章が刻まれている。だから、コノエはコートに袖を通して、首元から腰まである固定具をすべて閉じた。

「君は、着るんだね。うん、それもまた自由だよ。アデプトは神から与えられた使命に背かない限り、人よりはるかに多くの自由が許されている。そして、コノエ、君は本日より九千百二十人目のアデプトになった」

「……はい」

「君はこれから、何をしてもいい。その身に付けた生命魔法で病から人を救ってもいい。冒険者になってダンジョンへ挑んでもいい。邪神との戦に出て武功を立て、貴族になってもいい。かつて言っていたように、ハーレムを作ってもいい」

「……はい」

「まあ、そうは言っても、普通は実家の貴族家や信仰上の柵《しがらみ》などでなかなか好きには生きられないんだけど。でも、異世界人の君にはそれがない。……もしかしたら君はこの世界で最も自由なアデプトなのかもしれないね」

あはは、と教官が笑い、少し羨ましそうにコノエを見る。

コノエは、そんな教官に何と返せばいいか分からず、口を噤《つぐ》む。

「……ふふ、ごめんね。余計なことを言ったよ。じゃあ、そろそろ終わりにしようか。最後に君にこれを」

「……？　これは？」

「相場表だよ。アデプトに仕事を頼むときの料金表と言ってもいいかもしれない」

渡された紙を見る。そこには『死病の治癒：半金貨一枚』と書かれている。他には『護衛（三十日）：金貨二千枚』や『瘴気《しょうき》汚染の街駐在（三十日）：金貨千枚』なども。

あまりコノエは金銭的な相場には詳しくない。この世界に来てからほとんどの時間を訓練に費やしていたからだ。しかし、金貨一枚があれば都《みやこ》の市民一家族が三十日は暮らしていけると聞いていた。

……なるほど。これは確かに稼げる。奴隷ハーレムだって簡単に作れるだろう。

「ああ、念のためもう一度言っておくけど、君は自由だ。だから、その相場に従う必要はない。無料で治療をしても良いし、相場の十倍の額を要求してもいい。それが、アデプトだ」

「……はい」

「ただ、まあ……いや、止めておこうかな。ここから先は君が自分の目で見て決めると良《い》いよ」

「……？　はい」

教官が含みのある表情をして……コノエはなんなのかと訝《いぶか》しげに見る。

しかし教官は、そんなコノエを他所に一つの門の方へ視線を向ける。そこにあるのは学舎の正門にあたる大扉だ。人の何倍も大きくて、普段は閉じられている。しかし、アデプトが新しく生まれた時だけに開かれる扉。

「さあ、行きなさい。好きに生きて、欲望を満たせばいい。君は成し遂げた。だから、君に課せられた使命は一つだけだ。

——邪神と、その尖兵《せんぺい》と戦うこと。邪悪より無辜《むこ》なる民を守ること。ただそれだけが、アデプトに課せられた義務なのだから」

◆

門へ歩く途中、コノエは考える。ついに目的を果たす時が来たのだと。

奴隷ハーレムを作り、惚《ほ》れ薬を飲ませる。そうすればあとはやりたい放題だ。美少女も美女も好きに侍《はべ》らせて、エロいことだろうが何だろうが自由。

それなりに働いてそれなりに金を稼げば、すぐに叶《かな》う。

先ほど手渡された相場では死病を治癒するだけで半金貨一枚だ。ダンジョンから溢《あふ》れる死病を治癒できるのはアデプトのみであるとはいえ、法外な金額だと言えるだろう。ある程度働けば屋敷《やしき》に奴隷を数人買ってもおつりがくるはずだ。

——つまり、目標はもう達成したも同然だった。

かつて夢見た理想。今度こそ、コノエは一人ではなく、誰かと。

「……」

「アデプト様、外に出られますか？」

「……ん、ああ、お願いします」

そんなことを考えていると、もう門の目の前まで来ていた。

両脇にいた門番に頷《うなず》くと、設置された鎖が動き始める。高さ十メートル以上の巨大な扉が轟《ごう》音《おん》と共に左右に開き始めた。

「……」

その動きはゆっくりとしていて、開ききるまでに時間がかかりそうだった。

だから、コノエは門から視線を切って、なんとなく振り返る。

そこには半生を過ごした学舎があった。訓練場があって、寮があって、食堂があった。そして、最上階には。

「──あ」

そこで、気付く。最上階の一室。その窓に神様が見える。数キロは先の小さな窓。しかし生命魔法で強化された視力なら見える。神様は窓の近くで何か作業をしていて。

──ふと、コノエと目があった。

神様はあら、という感じで目を見開き──コノエに笑いかけてくれる。

優しい笑顔で、小さく手も振ってくれる。

それは行ってらっしゃいと言っているような雰囲気で。

コノエも、そんな神様に笑みが漏れる。

思わず手を振り返して、自分で自分に少し恥ずかしくなって。

「……行ってきます」

小さく呟《つぶや》いて、前を向く。ゆるんだ頬を自覚して、口元を隠すように手で押さえて。

……そして、少し。

……神様《あのかた》が、自分の薬物奴隷《よくぼう》ハーレムを知ったらどんな顔をするんだろう、と思って。

「……」

頭を振る。考えないことにする。

今更だった。二十五年経《た》った今、引くことなんて出来るはずがない。

「――」

と、ゴン、という轟音《ごうおん》が辺りに響く。扉が開ききった音だ。

コノエは一歩足を踏み出す。二歩三歩と歩いて、門へと向かう。

門の先には大きな街――都が見える。所狭しと建てられた店舗や家屋に、通りを歩く多くの人達。そんな所でこれから自分は楽しく生きていくのだと……。

「……うん？」

分厚い門の下を通る途中、そこであれ、と思う。なんだか様子がおかしいような。

コノエは知っている。アデプトの学舎は都でも一際《ひときわ》高い丘に建てられていて、門の向こうは巨大な下りの階段になっている。

最初に上った時はげんなりした長い長い階段。そこに。

（……人の気配？　それも一人や二人じゃない）

十や二十でもない。もっと多くの人がいる。街の中だから気付くのが遅れた。

（……なんだ？　祭りか？　階段で？）

そんなことを考えながら、分厚い門を潜る。階段の頂上から下を見て。

「……は？」

そこには、人がいた。巨大な階段から溢《あふ》れるくらいの人がいた。

そして、その全てがコノエを見ていた。目を、大きく大きく見開いてこちらを見ていた。

——声が、聞こえてくる。

「アデプト様だ」「新しいアデプト様だ」「助けて」「アデプト様」「助けて」「どうか」「アデプト様」「おおなんと」「故郷が」「家が」「助けて」「アデプト様」「白翼十字だ」「アデプト様助けて」「死病が」「アデプト様」「どうかどうか」「アデプト様」「お救いください」「アデプト様。アデプト様。アデプト様。アデプト様。アデプト様。アデプト様。アデプト様。アデプト様。お救いください。アデプト様。アデプト様。アデプト様。アデプト様。アデプト様。アデプト様。アデプト様。アデプト様。アデプト様。どうか。アデプト様。

「「「「——アデプト様、どうか、我らをお救いください」」」」

——そこには、救いを求める人々がいた。

第二章　テルネリカ

THE HOLE IN MY HEART CANNOT BE FILLED
WITH REINCARNATION

1

「アデプト様」「アデプト様」「アデプト様」「アデプト様」「アデプト様」「アデプト様」「アデプト様」「アデプト様」「アデプト様」「アデプト様」

救いを求める声が迫ってくる。コノエはそれに気圧《けお》されて一歩下がる。なんだこれと思う。頬が引きつるのを感じる。彼らに脅威は感じないものの、しかし困惑している。

彼らは階段を上ってくる。段々と近づいてきて、コノエは逆に一歩二歩と下がる。

……いや、本当にどうしようか、これ。

困ったコノエが引きつった頬を掻《か》いて……そんなとき。

「……？」

ふと、気付く。見慣れた色が見えたからだ。赤い色、血の色だ。そしてその色に染まった、小さな人影——子供が人々の波に呑《の》まれたのをコノエは見た。

「……少し、そこを退いてくれ」

コノエは咄嗟《とっさ》に動き出す。血が見えた場所を目指して、人の波を注意しながらかき分ける。

「……ぅ、ぁ……ごほっ」

すると、そこにはうめき声をあげる一人の少女がいる。金色の髪と、とがった耳が見えた。

エルフの少女だ。その子は階段の途中に蹲《うずくま》って血を吐いていて、どれほど吐いたのか服と階段の広範囲が血の色に染まっていた。

コノエはひとまず少女を抱えて、人の輪の中から連れ出して。

「……これは、酷《ひど》いな」

「……ぁ……ぅ」

腕の中を見て、そして少し息を呑《の》む。なぜって、その少女は……。

「……死病か」

──全身が腐りかけていた。

末期の死病。手足は赤黒く染まり、爛《ただ》れ、力が入らないのかだらりと垂れ下がっている。青色の目は焦点が合っておらず、おそらくほとんど見えていない。

口から吐き出した血は肺が爛《ただ》れているからだ。内部に血が溜《た》まって、それを何とか吐き出して、でもまたすぐに血が溜《た》まって、というのを繰り返している。

まさしく、死の一歩手前。あと数秒後には息を引き取っていてもおかしくない。そんな状態。

この体で、どうしてベッドではなくこんな場所にと思って──考えるまでもないことだった。

治療を求めて来たのだろう。アデプトなら、死病を治せるから。

「……ぅ……ぁ……ぁ？」

呻《うめ》き声をあげるエルフの少女、見た目的には十代前半か半ばというところだ。……まあエルフである以上、外見と実年齢は一致しないのだろうが。

（…………しかし、死病か）

コノエはそんな少女の姿に、一瞬、先ほど渡された相場表と金貨が頭をよぎり——慌てて頭を振る。流石《さすが》にこの状況では治療する以外の選択肢はない。

だって咄嗟《とっさ》とはいえ、もうこの子を腕に抱き上げた。なのに、治療もせずにそこら辺に放り投げるのは人として駄目だと思う。見捨てるのなら最初から抱き上げるべきじゃなかった。

（……この場での治療は……無理か。一度戻ろう）

なので、コノエは——周囲の人々はそれどころではないので無視しつつ——踵《きびす》を返《かえ》す。

そして階段を上りながら少女に治癒魔法をかける。

それに死病を完治させるほどの力はない。ここまで進行した死病はそんなに簡単に治せるものではなく、もう少し落ち着いた場所での治療が必要だ。でも、何もせずに運んだらその間に死んでしまいそうだったから。

「……………ぁ……ぅ？　……ぁでぷと、さま？」

「ああ」

治癒した効果か、少女が掠《かす》れた、しかし意味のある声を出す。

コノエは返事をしつつ小走りで門を潜る。振動を少女に伝えないように気を付けながら。すると途中、両脇に立つ門番の一人と目が合う。

……彼は何も言っていない。でも、コノエは『お早いお帰りで』なんて言われている気分になる。というか、本当にそうだ。教官とか神様に送り出されたばかりなのに。

まあ教官はともかく、神様は良く帰ってきたねという雰囲気で笑ってくれそうだけど。

「……ぁの、ぁでぷと、さま、どう、か」

「……ああ、君のことは治す。心配しなくていい」

コノエは門番の視線から逃げるように足早に門から離れ、前庭を走り抜ける。

そして学舎の治療室、今の時間はどこが空いていただろうか、と――。

「――ぁ……アデ、プト様！」

「……？」

――そのときだった。コノエの腕が突然摑《つか》まれた。驚いて腕の中を見ると、強い意志が宿る目とコノエの目が合う。

先ほどまで身動き一つできなかった少女だった。死病に侵され、死にかけた少女。

顔は死病で赤黒く染まり、口角から血を溢《あふ》れさせ……しかし大きく目を開いてコノエを見ていた。

「アデプト様……どうか街を。……ごほっ、私の街を」

「……？」

……街？　自分ではなくて？

首を傾《かし》げるコノエに、少女は必死に言葉を紡《つむ》ぐ。

「……どう、か。どうか。私の街を……ごほっ……アデプト様の……がなければ、我らの……」

血を吐きながら、必死に。叫ぶように。そしてその叫びに合わせてゴボゴボと吐く血の量も増えていって――コノエは慌てる。

「……落ち着きなさい」

「いいえ、いいえ！　……ごほっ、ごほっ」

少女を落ち着かせようとして、しかし、少女は叫ぶのを止めない。

そして、そうしている間も少女の体は壊れていく。彼女の体は治っておらず、重症のままだ。

先の治癒魔法で少し持ち直したとはいえ、一歩間違えばすぐに死んでしまうだろう。

それなのに、少女はそんなの知ったことかと血を吐きながら叫んでいる。

「どう……して、どうして、落ち着いていられるでしょう！　……ごほっ、このままでは……どうか！　アデプト様！」

「……落ち着かないと、悪化する」

「……私の体など……っごほ……それよりどうか、どうか！」

少女が腕の中で暴れる。コノエは少女が落ちないよう体を押さえ込み……困惑する。

なぜこの少女は叫び続けるのか、そんなことが出来るのか。コノエは少女をまじまじと見る。

叫ぶ内容よりも少女自身が気になった。

――だって、この少女が今この瞬間も感じているのは地獄にも等しい苦しみのはずだ。

コノエは知っている。死病の末期、全身と――魂の腐敗。

大の男でも発狂する苦痛のはずだった。コノエは死病を知るがゆえに困惑する。少なくとも過去見てきた末期の患者は、皆身動き一つ出来ない状態になっていたのに。

「なんでも、なんでもします……だからどうか、どうかぁ……」

「……」

少女はポロポロと涙をこぼす。必死に縋《すが》ってくる。コノエは、そんな少女に――。

「――おや、帰ってきたんだ」

「……教官」

そのとき、教官が学舎の入り口から現れる。

そして、ちらりとコノエの腕の中の少女を見た。

「治療室なら一部屋空けてる。好きに使うといいよ」

「……ありがとうございます」

教官が鍵を渡してくれる。礼を言いつつ、それを受け取って。

――うん？　空けている？　教官の言葉に違和感を覚える。空いているじゃなくて？

コノエはどういうことかと教官を見る。

するると、教官はそんな視線に苦笑を返した。

「なに、いつものことだからね」

「……？」

「あのお出迎えは、アデプトなら誰もが経験するものだよ。就任したての新人のアデプトなら
もしかしてと、救いを求めて多くの民が詰めかけてくる」

あそこにいたのはね、金がない者達だよ、と教官は言う。

相場の金額が払えない者達が、最後の望みをかけて来ているのだと。

「もちろん、無視する者も多いけどね。中には情に絆《ほだ》されて最初だから、と一人二人助ける新人もいる。そのために一部屋は空けておくようにしているんだ」

「……」

「これが、この世界の現状だよ。アデプトがあまりにも足りていないんだ」

◆

この世界では、時にダンジョンが氾濫《はんらん》する。

氾濫は、ダンジョンに瘴気《しょうき》核と呼ばれる邪悪な結晶が誕生することで発生し、それを破壊するまでは終わらない。

氾濫が始まったダンジョンの入り口からは瘴気《しょうき》と魔物が溢《あふ》れてくる。そして、瘴気《しょうき》を吸った人は死病になる。死病とは、名前の通り治療しなければ必ず死ぬ病である。

死病の発症から死亡までの期間は、おおよそ三十日。末端から症状は始まり、体が腐っていく。末期には魂が腐り、そのあまりの苦痛に病で死ぬ前に自ら命を絶つものも多い。

予防は薬で出来るが、完全ではない。薬を飲んでも瘴気《しょうき》に長時間晒《さら》されればいずれ発症する。

そして一度発症してしまうと、治療法は二つしかない。高価な薬《エリクサー》か、アデプトの治癒だ。どちらも一から体を作り直せるほどの力を持つ方法。そうでなければ死病は治せない。

――死病とはそんな病だった。

数千年前、邪神によりダンジョンが生み出されて以来、この世界の人々が戦い続けてきた病。しかし、どれだけ研究しても、通常の方法では克服の見通しは全く立っていない病だ。

……故にこそ、この世界で生きる者は皆、死病と氾濫に怯《おび》えながら生きている。

ダンジョンは、世界の地下深くで広がっており、その入り口は世界中の至る所にある。氾濫に予兆はなく、昨日まで平和に生きていた村が、今日は瘴気《しょうき》に侵され、魔物に蹂躙《じゅうりん》されるかもしれない。

だから、アデプトは常に不足している。コノエは九千百二十番目のアデプトだが――それは、全世界での話だ。この国なら、せいぜい数十人。

もう一つの治療法である薬《エリクサー》は材料の増産が叶《かな》わず、ほとんど流通出来ていなかった。

……各国はアデプトを増やそうと努力しているものの、成果はあまり上がっていない。

そもそも、アデプトに挑めるだけの強力な加護を手に入れるのが難しい上に、少ない挑戦者のうち九割以上が一年と経《た》たないうちに心が折れるからだ。そのあまりに苛烈な訓練に耐えるのには才能とは違う、折れぬ何かが必要だった。

強制された者が乗り越えられる試練ではない。だからこそ、アデプトには莫大《ばくだい》な報酬と特権が約束されている。義務は少なく、誰もが羨み、進んで試練に挑みたくなるようになっている。

——コノエの薬物奴隷ハーレムなどという欲が笑って許されるのも、それが理由だった。

◆

コノエは教官を見る。二十五年前、世のために誘うのだと言って学舎に連れてきた人。あの日の言葉の意味を改めて実感して。

「……とりあえず、治療室を借ります」

「うん、好きに使って」

しかし、今はそのことよりも先にするべきことがあった。腕の中の死に掛けた少女。どう考えても優先するべきはこちらだ。

教官から受け取った鍵を握り、部屋へ少女を連れて行こうと。

「――アデプト様！」

教官が現れると同時に静かになっていた少女が、また腕の中で暴れ始める。

それをコノエは両腕で押さえて。

「暴れると、悪化すると」

「私の体など、……どうでも、いい！」

血に染まりながら、少女は至近距離でコノエに叫ぶ。無事な所なんてないような、そんなボロボロの体で。

……というか、体なんかどうでもいいって。

軽口ならともかく、全身が腐っている人間がどうしてそう言える？

「……君は」

「時間が、ないのです！　我らの街が、……ごほっ、滅びかけているのです！」

少女は叫ぶ。ぜえぜえと一呼吸するのも苦しそうにしながら。

コノエはそんな彼女の背中に急ぎ治癒魔法を当て……。

――うん？　街が、滅ぶ？　時間がない？

あまりに穏やかじゃない言葉だった。これは、治療より話を優先した方がいいかと思う。

「……街？　……どこの街だ」

「シルメニアです！　……キルレアンの麓、ミネアの連なり、シルメニアの街に、ございます！」

問いかけると、少女は叫んで返し——コノエは、一つ情報を思い出した。

キルレアン、その場所については聞き覚えがあった。

「……先日の大規模な迷宮氾濫か」

少し前の話だ。遠方の辺境伯領で氾濫が複数個所《かしょ》で同時に発生したと聞いていた。あまりに広範囲で瘴気《しょうき》が広がったと。だから、普段学舎にいるアデプトにも募集が掛けられて——教官のような、特殊な役目に就いている例外を除いて全員がそちらに向かっていた。

コノエは、そのときまだ最終候補生だったので、詳しい話は聞いていなかったが。

「……街が滅ぶような状況だったのか」

「その通り、です。……我らは、見捨てられました」

つまりは、先ほど教官が話していた内容と同じだ。この世界の広さに対して、アデプトの数はあまりにも少ない。少女の街には、アデプトは派遣されなかった。

少女は語る。街——シルメニアは十五日前に瘴気《しょうき》に呑《の》まれ、予防薬を用いたものの、今や五千人の住民の全てが死病に侵され苦しんでいると。そして魔物にも囲まれていて、街を守る結界はいつ破られるか分からないと。

——だから、一刻の猶予もないのです！　と少女は叫ぶ。血を吐きながら、腐った皮膚が破けて、そこから血を流しながら。死の間際《まぎわ》に立って、しかし、コノエをしっかりと見据えていた。

コノエはそんな少女の壮絶な姿に息を呑《の》む。

「アデプト様、どうか我らの街を！　……っ、今この時も、民が苦しみ続けているのです！」

「――」

「どうか、どうか、叶《かな》えて頂けるのなら、この身、御許《みもと》に咲く聖花《はな》のように……っ……ぁ、ごぼっ」

――そこで、少女は塊のような血を吐く。

言葉が途切れる。手から力が抜ける。体から生命力がどんどん抜けていき――。

「――ぁで、ぷと、さま」

「……君、は」

――それでも、少女の目に宿る力は消えなかった。

ただただコノエの目を見て、決して逸《そ》らさなかった。……コノエはそんな少女に。

「……わかった」

頷《うなず》く。そして、引き受けるから無理をするのを止めてくれ、と。

……少女の気迫に、気付いたらそう言っていた。

2

それから少しの時間が経《た》った。

少女の治療は無事終わり、コノエと少女は借りた治療室にいる。

教官はいない。少女の街に移動するための転移門の準備をしてくるとそちらへ向かった。

転移門は世界中の街に設置され、どれほど離れていても一瞬で移動できる魔道具だ。だが大きなものは運べない上、莫大《ばくだい》な費用が掛かる。そして起動に時間が必要だった。

……つまり、教官はしばらく帰ってこない。

部屋の中はコノエと少女の二人だけだった。

「あの、アデプト様。コノエ様とお呼びしてもよろしいでしょうか……？」

「……好きにしてほしい」

コノエは隣に座る少女を見る。妙に近い距離に座っている。

少女の死病は完全に治り、今は健康体になっている。赤黒くなっていた肌は元の真っ白な色を取り戻していた。

美しいと言われる種族《エルフ》だけあって、治ってみると少女は可愛《かわい》らしい外見をしている。綺麗《きれい》な長い金髪に、よく見ると少し金色が入った青色の瞳。そんな娘にすぐ近くで見つめられて……

コノエは、いつものように逃げたくなってくる。

「それにしても、コノエ様を待つと決めて正解でした。他のアデプトの方には全く連絡が取れず……新しくアデプトになられる方がいると聞いて一縷《いちる》の望みを懸けてあの階段で待っていたのです」

「……そうか」

「意識が朦朧《もうろう》として、目が見えなくなった時はもう終わりかと思いましたが。誰かに抱きかかえられたと思ったらまさかコノエ様だったなんて」

いと高き方々、森の神様と生命の神様に感謝を、と少女は言う。ニコニコとコノエに笑いかけてくる。

少女はコノエが街への救援を引き受け、治療してからずっと笑顔だった。そして、ずっとコノエに語りかけていた。逆にコノエはほとんど口を開かなかったが。

――少女の名は、テルネリカ。

シルメニア家の生まれ――つまりこれから救援に向かう街と同じ名の家の生まれらしい。彼女はどうやら街を治める貴族家の娘だったようだ。

テルネリカが都に来たのは十五日前。街が見捨てられたことを知った直後だ。

国や親元の貴族には頼れず、こうなったらアデプトに直接交渉しかないと単身で都に渡ってきたらしい。

そして、それから今日までの間必死に助けを探して……しかし、アデプトと交渉どころか会話すらままならず追い返されて、己の体を一旦治療することすら出来ない状況だったと。

「救援を望むと言ったら、どこに行っても門前払いされてしまいました。今この都に残っているアデプトは都の守護や神の護衛に就いているものだけだ、と。救援を諦めるのなら、私個人の治癒だけはしてくれるとは言われたのですが……」

でも、そんなことに頷《うなず》けるはずがありませんとテルネリカは言う。

己の身可愛《かわい》さに皆を見捨てる真似《まね》は出来ない、と憤慨していた。

「……」

コノエは、そんなテルネリカに無言を返す。

……なんというか、反応に困って。

「しかし、何度交渉しても成果はありませんでした。そして途方に暮れていたときにコノエ様の話を聞いたのです」

今から三日前に新たなアデプトの誕生が発表されたという。コノエの最終試験が終わったときだ。その日からテルネリカはずっとあの階段で待っていた、と……。

「……？　三日間、ずっと？」

「はい、そうでなければ最前列は取れませんでしたから」

浄化の魔法と湧《わ》き水の魔法と延命の魔法で凌《しの》いだと言う。

ちょっと無茶したせいで今朝くらいから一気に死病が進行したときは焦《あせ》りましたけど、とテルネリカは笑う。うふふ、と上品な仕草で。

……いやそれ、笑うところなんだろうか。コミュ障のコノエにはわからない。

まあ、確かに十五日前に発症した割に症状が進行しているな、とはコノエも思ったし、気になってはいたけれど。

「…………」

ああ、そうだ、気になると言えば。

もう一つ、テルネリカが貴族の娘と聞いて気になっていたことがあった。

「……君の」

「はい、なんでしょうコノエ様！」

「……君の家に、薬《エリクサー》は？」

アデプトの治癒以外の、死病を治癒する方法。希少すぎて流通していない薬。

だが、コノエは以前習ったことがある。貴族家には家人に一人一本分のエリクサーが常備されていると。いざという時のために王から与えられているはずだった。

「エリクサーですか？　ありましたけれど……」

「……？」

「私のものは騎士団の皆が使っているはずです」

「……は？」

……騎士団？

「十五日前の段階では、こちらに来てアデプト様を探すだけの私より、魔物から民を守る騎士がエリクサーを飲んだ方が適切でした」

「……」

「こちらに来てアデプト様に会えたら治療してもらえると思っていましたし……とはいえ、流石《さすが》に今朝血を吐いたときはどうしようかと思いましたが。アデプト様に会う前に死んでは救援は呼べませんから」

「…………………」

テルネリカはやっちゃいました、と照れくさそうに笑う。

そんな少女の姿にコノエは。

（……嘘《うそ》だろ？）

――コノエはそんなテルネリカの言葉に耳を疑う。

いや、それは正しくない。耳を疑ったのは今だけじゃない。コノエはずっと疑っていた。

（……なんなんだ、この子は）

血を吐きながら叫んでいたときも、救援を求め続けて治癒さえしてもらえなかったと聞いたときも、三日階段で待ち続けたと聞いたときも、そしてエリクサーを人に譲ったと聞いたときも、コノエはずっと分からなかった。

――何故《なぜ》、この子はそこまで出来る？

確かに、テルネリカの言っていることは正しい。

合理的と言えば、合理的な判断だ。街の者を守ろうとするのなら、正しいのかもしれない。

助けが来なかったから、死病に苦しみながらも他者に薬を譲り、腐り続ける体を引きずって都にやってきた。

アデプトに救援を求め続けた。治療を望めば、己だけなら助かったのに。その道を捨てて、より多くを救う手段を探した。死にかけても叫び続けた。

言葉にすれば簡単だ。いかにも正しいように聞こえる。

薬なんて要らない。救援を見つければどうせ治るんだから、ちょっとくらい苦しみが長引いても仕方ないと。

コノエも、目の前で見ていなければそう言うかもしれない。

机上の空論なら賢《さか》し気に嘯《うそぶ》くかもしれない。

――けれど。

「――」

分かっているのか？　身体《からだ》が腐るんだぞ？

いや、分かっていないはずがない。なにせ当事者だ。

地獄のような苦痛の中で。己の体が変わり果てていくのを目の当《ま》たり《あ》にして。そんな正しいだけのことを、一体なぜ出来るというのか。コノエには理解出来ない。

(……わからない)

地位や権力に付随する責任だろうか。
確かに貴族には統治する街を守る義務がある。民を守り、国力を増し、いずれ邪神を打ち倒すことが貴族の責務だ。そしてそれと引き換えに貴族は強力な加護と権力と富を得る。
つまりこの子は貴族として正しい行いをしている。
しかし、それでも――。

(――人は、そんなに正しくは生きられない)

間違える。易《やす》きに流れる。逃げ出してしまう。
少なくとも、コノエの知っている人間とはそういう生き物だった。最後の最後には、己の身を取ってしまうのが人間だった。

(どうしてこの子は、そこまでする?)

痛みや絶望を覆《くつがえ》すものを、コノエは知らない。理解出来るような生き方をしていない。
だからコノエは二十五年前に、あの願いを。

「コノエ様?」
「……いや」

と、テルネリカが黙り込むコノエを覗《のぞ》き込んでくる。

……その視線から目を逸《そ》らし、小さく息を吐いて。

「……それで、契約書の準備は？」

「あ、はい！　もちろんございます！」

コノエは強引に話を逸《そ》らし、差し出された契約書にざっと目を通す。

瘴気《しょうき》汚染の都市駐在。期間は三十日。ただし日数は状況に合わせて増減。報酬は金貨千枚。

まあ、教官からもらった相場表通りの金額だ。

「……」

「……あの、足りませんでしょうか……？」

「……いや、これでいい」

黙っていると、なにか誤解したのかテルネリカが不安そうな顔をし――コノエは首を振る。

相場通りなら、それでいいと思った。金貨千枚もあれば、きっと都に屋敷《やしき》を買える。奴隷も薬も買えるだろう。だから、それでいい。

コノエはその場でサインして、テルネリカに二枚ある契約書の片方を返す。

「……よかった」

テルネリカは小さく呟《つぶや》く。瞳を潤ませる。

ありがとうございます、ありがとうございます、と何度も頭を下げる。これで故郷が救われます、と。でもコノエは契約書を抱きしめるテルネリカに何と返せばいいのかわからない。

「――二人とも来なさい。転移門の準備が出来たよ」

教官が呼びに来たのは、そんなときだった。

◆

コノエは転移門の前に立つ。そこは学舎の正門の隣に建てられた巨大な建造物の一室だ。石畳の敷かれた無骨な部屋の中に、人と同じくらいの大きさの石造りの門がある。周囲には魔法陣が描かれ、光る魔石が各所に埋め込まれていた。

魔力が飽和していて、何かが焼けるような音がしている。そして、その中心には光の渦があった。

転移門。ここを潜れば、そこはもう少女の故郷だ。そして、コノエの初仕事が始まるのだろう。散々訓練を積んできたので緊張もなくコノエは足を前に出す。

(……しかし、なんか色々すごいことになってるな)

コノエは今更ながらそう思う。

もっと気楽なアデプト生活のつもりだったんだけどな、と少し遠い目をして。

「では、では！　すぐ行きましょう！」

「……ああ」

コートを引っぱるテルネリカに促される。

コノエはそれに逆らわず、光の渦の中に足を踏み入れ――。

◆

『GAAAAAAAAAAA!!!!』

――光の先には、牙があった。

赤《ち》と白《きば》。獣の顎《アギト》がすぐそこにあった。

転移門を潜《くぐ》り抜《ぬ》けた向こうには、殺意が待っていた。

その一本一本が大型のナイフにも匹敵するような巨大な牙がぐるりと生えた顎。

人を簡単に引き裂けるような牙がコノエとテルネリカの方へと飛びかかってくる。

転移門で飛んできて一秒にも満たない時間。テルネリカが驚くことすら出来ないような僅かな間に獣は二人との距離をゼロにし――。

「――」

コノエは顎《それ》を拳で粉砕する。

横なぎの一撃で上半身を失った魔物は直角の軌道を描くように真横へ飛び、壁に叩《たた》きつけられた。

……狼魔《ガルム》、か。

「……え？」

「……」

――こうして、コノエのアデプトとしての初陣《ういじん》は始まった。

3

「……え……え⁉」

「……」

慌てるテルネリカを己の陰に隠しながら、コノエは部屋の中を見る。

瘴気《しょうき》が漂い、紫がかった視界の中には、まだ数匹の魔物がいる。

先程殺した魔物と同じ巨大な狼《おおかみ》――狼魔《ガルム》と呼ばれている魔物だ。

冒険者ギルドの等級では中級。まあ等級なんて参考程度にしかならないけれど、とにかくそれくらいの魔物だった。

ガルム達は警戒するように唸《うな》っている。コノエに向けた視線を逸《そ》らそうとせず、しかし、少しずつ後退している。

そしてその中の一匹、一歩一歩下がる足元には、まだ生きている人間が――。

「――」

コノエは足を踏み出す。次の瞬間には部屋の向かい側。扉の前にいる。

その直線から弾《はじ》かれるようにして全てのガルムが吹き飛び、壁の染《し》みになる。

「……君はこの部屋に」

「は、はい」

コノエは部屋の中にいた生き残りに治癒魔法を飛ばしつつ、テルネリカに待機するように指示する。そして廊下へと飛び出して。

「これは……」

……眉を顰《ひそ》める、厄介なことになっていると思う。

廊下は人の死体と、それを食《く》らう魔物で埋め尽くされていた。

（……やはり、結界は完全に破られているのか）

廊下に蔓延《はびこ》る魔物共を拳で一息に殴り殺しながら、コノエはため息を吐く。

何か特殊な方法で入り込んだのではなく、街を守る結界――都市結界が完全に突破されているようだ。加えて、転移門まで敵の侵入を許している。転移門は基本的に城の中にあり、城は防衛拠点でもある。

つまり今魔物で埋め尽くされている城《ここ》は、城下に住まう民が、最後に逃げ込むところだった。

それがこの状態ということは。

（……これはもう駄目かもしれない）

城の中に満ちている瘴気《しょうき》も濃い。薬があっても、一日も経《た》たないうちに死病を発症してしまうような濃度。

テルネリカには悪いが、もう生き残りなどほとんどいないのではと。

「――ん？」

そこで城内部の索敵をして気付く。

城の最上階、大きな広間、謁見の間に当たるような場所に人の気配がある。しかも十や二十じゃない。数千を超えるような生命反応があった。

「……まさか、避難が成功しているのか？」

謁見の間の扉の前では――大きめの魔物の反応と、抵抗する人の気配が。

「――っ」

――息を吞《の》む。速度を上げる。転移門周辺の魔物を一掃する。

そして、謁見の間へと向かって走り出す。

城を全力で駆ける。その途中には道を塞ぐように魔物共がいる。

それをコノエは――。

――決壊したバリケードの瓦礫《がれき》、そこに背を預けて肉《ヒト》を食っていた豚鬼《オーク》を瓦礫《がれき》ごと殺す。群れを成し、騒いでいる矮鬼《ゴブリン》を叩《たた》き潰し、狼魔《ガルム》を率いて走る人狼《ワーウルフ》を共々磨《す》り潰《つぶ》す。玄関ホールを飛び回っていた翼人魔《ハーピー》共を空間ごと削り殺し、城の配管に潜み、内部から人を目指していた魔鼠《まそ》共に魔力を流し込み消し飛ばす。

コノエに気付き、僅かな間に隊列を組んだ霊 鎧《リビングアーマー》の中隊を鉄屑《てつくず》にし、壁に潜んでやり過ごそうとした浮霊《ゴースト》に魔力を叩《たた》きつける。逃げる吸血鬼の心臓を背中から胴体もろとも抉《えぐ》り抜く。道を塞ぐ魔物も、呆然《ぼうぜん》とする魔物も、陰に隠れる魔物も、逃げ出す魔物も。全てを皆殺しにしながら城を駆け上がり――。

――そして、僅かな間にコノエは謁見の間に辿《たど》り着《つ》く。

この街の、おそらくは最後の防衛線。ここが破られればもう死ぬしかないような、そんな最後の扉の前には、数匹の巨醜鬼《トロール》と。

「おおおぉぉおお！」

一人の、騎士がいた。血にまみれて、片腕をなくし、片足をなくし、死病に侵され、魔力は枯れて、それでも立ち塞がる騎士がいた。ここは通さぬと、剣を手に叫ぶ男がいた。

その男に、トロールが笑いながら手を伸ばし。

――磨《す》り潰《つぶ》す、焼き尽くす。

トロールは生命力が強い。だから一片の肉片すらも残さぬように、コノエは腕に纏《まと》う生命魔法の出力を高める。塵《ちり》一つも残さぬように殺し尽くす。

「……あ、なた、は」

呆然《ぼうぜん》と呟《つぶや》く男に治癒魔法をかけ、また、奥の扉にも極大の治癒魔法を叩《たた》き込む。千を超える人がいてもある程度は治せる魔力を込めたので、きっと何とかなるだろうとコノエは思い。

「……掃討が終われば治療に入る。準備を」

一声かけ、男の腕と足が生えてくるのを確認して、近くの窓に足を掛ける。

そしてそこからコノエは外へと跳躍した。

城の内部はある程度殺した。転移門と謁見の間の周辺は特に念入りに殺した。しかし――。

（……三匹）

――まだ、この魔物たちを統率する長がいる。

城にいた複数種類の魔物たち。本来なら群れぬ魔物たちを無理やり従えるだけの力を持った魔物が残っている。

その強大な力に、コノエは転移門から出てきた瞬間から気付いていた。凡百の魔物など比べ物にならない圧倒的な力。

冒険者ギルドの区分なら中級《ガルム》の三つ上。災害級に分類される魔物が、この街の周りに三匹いる。そしてその一匹こそが。

『GOOOOOOOOOOOOO!!!!』

百腕巨人《ヘカトンケイル》。数多《あまた》の腕を持つ、巨人である。

瘴気《しょうき》色の空の下、崩壊した街の瓦礫《がれき》を踏み砕きながら身の丈が百メートルを優に超える大型の巨人が立っている。そいつは城から飛び出すコノエを狙い、拳を振り下ろしてくる。

一つでも人の何倍もの大きさの拳。それが同時に幾《いく》つも、コノエを磨《す》り潰《つぶ》さんと迫り——その拳は、城ごとコノエを粉砕できるような軌道を描いていた。明らかに狙っている。

当然だ。こちらが最初から気付いていたように、あちらも最初からコノエに気付いている。

上位の魔物は知能も高い。コノエが現れてからずっと、ヘカトンケイルはコノエを見ていた。コノエの目的と弱みを探っていた。

コノエが、人を助ける姿を見ていた。

故に、ヘカトンケイルは助けた人ごとコノエを狙う。突如現れた強敵を打ち倒すために、使える手段を全て使ってコノエに相対する。

超広範囲の攻撃がコノエに迫ってくる。避けてもダメ。撃ち落とすのも難しい。

迎撃し、破壊した拳が一つでも背後に流れれば、謁見の間にいた人々がどうなるか分からない。それを止めたければ。

「……顕現」

——消し飛ばすしかない。

だから、コノエは一つ手札を切る。

全身から光が漏れ、刹那の内にコノエの右手に集まる。それはアデプトの生命魔法の極致。

邪悪を滅ぼすために神より与えられた神威《しんい》武装。

――聖十字槍《うつろのやり》。

コノエの右手に槍《やり》が現れる。穢《けが》れのない純白、神様の象徴たる十字の刃。

アデプトそれぞれに形と色が違う固有の武装。コノエの槍《やり》は、神様《はじまり》と同じ色をしていた。

『GU!!!?』

神威《しんい》が放たれる。ヘカトンケイルの体が震える。拳の勢いがわずかに弱まる。拳を引こうとしたのか、避けようとしたのか。

しかし、そのときにはコノエの準備は終わっている。

十字槍《やり》は白雷を纏《まと》い、コノエの右手によって振りかぶられる。

「――」

閃光《せんこう》が走る。視界を白が塗りつぶす。

それは時間にすればごく僅かで――しかし確かに力を世界に刻み付けた。

光が消えた後、そこには膝から上が消し飛んだヘカトンケイルの姿がある。

巨人の莫大《ばくだい》な質量は光に浄化され、塵《ちり》と消えた。

「……」

コノエは、その結果に一息――。

「――」

——いいや、つけるはずがない。気を抜くなどありえない。

だって、コノエは空にある気配をずっと警戒していた。

この街にいた三匹の災害級。その二匹が残っている。

姿を現さないままに、二匹はずっとコノエを見ていた。ヘカトンケイルが拳を振り上げている間も加勢せずに、ずっと。しかしそれは逃げ腰だったわけではない。ただ勝機を探っていただけだ。

——だからこそ、二匹のうちの片方が動き出したのは、ヘカトンケイルが消える直前だった。

コノエがヘカトンケイルに槍《やり》を放つ直前。

つまりはヘカトンケイルですら、ただの囮《おとり》だったということ。

同じ災害級でさえ捨て石にする正体は、コノエの探知が間違っていなければ、竜に分類される魔物だった。

風竜——風を司《つかさど》る竜の下級種である。

もちろん、下級種といえども人が油断などできる存在ではない。竜、太古の昔より魔物の頂点に君臨し続けてきた最強種だ。

竜の魔力は世界の理を支配する。風の竜なら、世界に満ちる大気を己の力とする。

コノエは知っている。風の下級竜は、空気抵抗をゼロにできる。そして、ゼロにした空気抵抗を己の推進力に変換できる。

──故に、その速度は音を優に超える。

高度二千メートル。遥《はる》か上空にいた竜は瞬《またた》く間《ま》に加速し、音速の三倍へと到達する。体長十メートルを超える巨体が三秒と経《た》たないうちに地上へ落ちてくる。

巨人を討伐し油断した瞬間。いや、油断しなくても、体勢は崩れている。

その一瞬のうちに人の視界の外側から襲い掛かる。それが風竜の必勝の策だった。

コノエはヘカトンケイルを討伐した直後の腕を振りぬいた姿。武装も使い、手の中は空だ。

風竜の企《たくら》みは成功していた。コノエは確かに弱体化していた。

──だから、かの竜に一つ誤算があったとすれば。

──今、襲い掛かろうとしているのがアデプトだったということ。それだけであった。

コノエに襲い掛かる竜は気付いただろうか。

一秒の百分の一にも満たない僅かな時間の中で──コノエと竜の目は、確かに合っていた。

コノエは、腕を振りぬいたままに跳躍する。

高く跳び、魔力で空を踏みにじる。そして足を軸に体を回転させて──。

「────!!」

竜にコノエの回し蹴りが叩《たた》き込まれる。

それは竜の防壁も鱗《うろこ》も貫いて、体を完全に粉砕する。

風の竜は己が敗北したことにすら気付かぬまま、街の外まで吹き飛ばされて森に落ちた。

「……」

コノエは着地し、空を見る。

視線の数キロ先には三匹のうちの最後。もう一匹の竜がいた。

竜は、少しの間動かずにその場に留まって……コノエの視線に気付いたのか、旋回して去っていく。

「……無理、か」

コノエは少し悩み、追わないと決める。討伐よりも先にするべきことがあった。

コノエは踵《きびす》を返《かえ》し、城へと顔を向ける。残った魔物の掃討と、治療をするために。

……治癒魔法を叩《たた》き込んだ結果だろうか。謁見の間の方では人の気配が動き始めていた。

4

「……しかし、あっさり終わってよかった」

紫色の空に背を向け、城に戻ったコノエは残党を掃討しつつポツリとつぶやく。

指揮官が普通の災害級でよかったと安堵《あんど》の息を吐いた。

もしこれがもう一つ上の災厄級だったり、災害級でも固有魔法《オリジン》――特殊な力を使える個体だったらこうも簡単には終わらなかった。

相性が悪ければアデプトでも死闘になる相手。相性が良くても、殺しきるまでどれくらい時間が必要になるか分かったものじゃない。

まあ、もちろんそんな魔物は滅多にいない。世界全体で一年に一体も出てきたら多いくらいのはずだが、この迷宮氾濫は十年に一度の規模だと言われていた。だから、低いけれど可能性はあった。

運が良かった——いや、悪くなかった、と言った方が正しいかとコノエは思って。

「……テルネリカ」

「……コノエ様」

残党を片付けた後、テルネリカと合流する。彼女は転移門の近くで息絶えていた女騎士の傍《そば》で涙を流していたが、魔物の掃討や謁見の間の状況、生存者の数とこれから住民の治療に入る旨《むね》を告げると、涙をぬぐって立ち上がった。

真っ赤に腫《は》れた目で、悲しみに満ちた瞳で、しかし。

「——騎士たちは、確かに成し遂げてくれたのですね」

——しかし、誇りに満ちた顔で、胸を張ってそう言って笑った。

「……」

コノエはそんなテルネリカの姿に、言葉に迷う。そしてコノエが迷っているうちに。

「では、行きましょう！　私も出来る限りのサポートをいたします！」

テルネリカが歩き出す。コノエはそんな少女と共に謁見の間へ向かい――。

◆

――そこには、もう一つの戦場が待っていた。

コノエとテルネリカが城の最上階へ着くと、すでに扉は開け放たれていた。

もう準備が始まっているのか入り口付近では治療用の台などが並び始めていて、用意している騎士たちが体を引きずるように走っている。

二人は、そんな騎士たちの横を通り、急ぎ謁見の間へ入って。

「――ぁ」

テルネリカの小さな悲鳴のような声。そこには酷《ひど》い光景が広がっていた。

多くの人々が床に横たわっている。かつてはきっと飾り立てられていたであろう広間は、死病に侵された人で埋め尽くされていた。

死病の進行を遅らせるために張られた聖魔法の陣。けれども、その中に動いている者は殆《ほとん》どいない。

ただ横になっていることしか出来ない人々。うつろな表情で天井に目だけを向けている。

微《かす》かに聞こえてくる掠《かす》れた悲鳴。苦悶《くもん》の叫び。父や母を呼ぶ声。

かすかに風が吹くような音がしていて、でもそれは音になっていない声だった。

扉が開き、アデプトとテルネリカが来たというのに、ほとんどは顔《ひ》を向けることさえしない。

気付いてもいない。耳はどこまで無事なのか。五感はいくつ残っている？

よく見ると並んだ人の列には死人が交ざっていて、しかし、彼らは死病で亡《な》くなった訳ではない。死体の首には、切りつけられたような跡がある。傍《そば》にナイフが落ちている者もいて、おそらく、彼らは苦しみに耐えられずに。

「……そんな」

テルネリカは絶句し、目に新しい涙を浮かべる。

──でも、これが死病だった。

体に瘴気《しょうき》が入り込み、魂ごと体が侵される。腐り続ける体は痛み続け、休まる暇はない。動けるのは精々初期のうちだけ、今回のように十五日も経《た》てば、普通は身動きすら取れなくなる。

……その後は、ただ苦しみ続け、死を待つだけ。

ここにいる人々は、もうそういう状態になっていて。

「──」

コノエは、小さく息を吐きつつ、そんな人々に一歩足を踏み出す。

魔力を回し、生命の魔力を紡《つむ》ぎ上《あ》げる。

――シルメニアの街、生存者三千人超。

アデプトならいつものことだ。魔物との闘い《ころすための》の次は、人との闘い《いかすための》が待っている。

◆

コノエが最初に行ったのは、まだ動けている騎士団の治癒だった。

重症度は低く、突然死の可能性も一番低い。しかし、それでもコノエが彼らを優先したのは、人の手が必要だったからだ。

三千を超える人々の容態の確認や搬送をコノエ一人でするのは厳しい。故に、コノエはまず自分の手足になる人間の治療をすることにした。

そして騎士が終われば、子供や老人など体力のない者の治療に入り、同時に特殊な技能持ち……病人の面倒を見る看護技能の持ち主や治癒魔法使い、子供の世話をする者、水や火を出せる魔術師なども治していく。

自らの周りにベッドを円形に並べ、同時に複数人の治癒を行う。一グループが終わればまた次のグループの治癒に入る。それを延々と繰り返していく。

看護技能持ちにトリアージをさせて、治癒魔法使いに延命させつつ、危険な状態の者から迅速に治癒を行う。

魔法使いに水を出させ、火を使って流動食を作らせる、病み上がりの老人も動員して倒れている者たちに水や食料を与えていく。

——そうしているうちに日が暮れ、城の外が闇に包まれる。

遠くから魔物の鳴き声が聞こえてきて、騎士団が警戒に数人抜ける。コノエは何人か力自慢の治療をし、その者たちにも治療のサポートをさせる。

そして夜が明けて、朝が来て、また夜が来る。

立っている者たちは動き続ける。終わりはまだまだ遠く、先は見えない。

……しかし、二日が経《た》った頃だろうか。

ここで少しずつ街が動き始めた。治った者の数が増えて、皆が出来ることをし始める。

魔物と戦えるものは、騎士団の手助けに向かう。力がある者は城下に出て使えるものを探し、料理が出来るものは料理をする。子供たちも洗い物や掃除などをしていた。

三日目が来て、四日目が来る。

そのころ、街に最上級の魔物《デーモン》が近づいてきて騒ぎになって、コノエが窓から十字槍を投げて、終わればまたすぐに治療に戻った。

——コノエは、その間一度も休まなかった。

不眠不休で治癒を続けた。目の前の人々を治し続けた。

「コノエ様、あの、少し休まれては」

「……必要ない」

テルネリカはそんなコノエを心配したが、コノエは首を振った。

コノエは己が休まなくても問題ないことを知っていた。今の自分なら、いつまでも動き続けることが出来ると。

それはアデプトだから——という訳ではない。

流石《さすが》にアデプトでもこれは無理だった。どんなに優秀なアデプトでも、今のコノエと同じことをすれば一日もしないうちに魔力が尽きる。

死病の治癒には莫大《ばくだい》な魔力を使う。そういうもので、故にこそ、死病の治癒は高額な設定になっている。

普通なら、どうやっても不眠不休は無理だ。しかしコノエが出来たのは。

「——神様」

この世界には、神様がいる。

実際に傍《そば》にいて、言葉を交わせる。だから、神様と人の距離は近い。

幾度となく神様がコノエにお茶を淹《い》れてくれたように。コノエをまた立ち上がらせてくれたように。

神様は人をいつだって慈《いつく》しんでいる。寄り添ってくれている。

——故に、それが善き行いであり、心が神に恥じるものでないとき。神様は確かに、その行いを見ている。

見ていて、そして力を貸してくれる。

そうだ、だから治療を始めてからずっと、コノエの後ろには神様の影がいた。他の者には見えず、感じられず、しかしコノエには確かに伝わる雰囲気で応援してくれていた。莫大《ばくだい》な魔力を供給してくれた。

頑張れー、頑張れー、と。

胸の前で両手をぎゅっと握り、白い翼をバサバサと動かしながら、君ならできると。背中に優しい雰囲気がずっと伝わっていた。

そんな神様にコノエは、逆に少し気が抜けそうになりながらも最後まで動き続けて。

「――」

――その日、コノエは全員の治癒を終えた。

治した人数は三千と二百三十人。治癒を始めてから、七日七晩が経《た》っていた。

5

――コノエは夢を見る。それは日本にいた頃の夢だ。かつての記憶。

コノエの、半生。コノエという人間の作られ方。

何故《なぜ》コノエがこうなってしまったのか。その理由を、かつての子供《じぶん》を、夢現《ゆめうつつ》の中、コノエは一歩離れたところから見る。

◆

――その子供《コノエ》は物心ついた頃には一人で生きていた。

一番古い記憶は、大きな荷物を持った両親が家から出て行く姿だった。スーツケースがゴトゴトと音を立てながら去っていく光景。振り返ることなく、段々と小さくなっていく二人の背中だ。

幼心に嫌な予感がして、必死に両親を追いかけた。縋《すが》りついて、でも振り払われて、地面に転がった。膝をすり剝《む》いて血が流れた。

――赤い、どこまでも赤い色。

痛くて、涙があふれて……でも返ってきたのは冷たい目だった。それまでは泣けば抱きしめてくれたはずなのに。傍《そば》にいてくれたのに。それなのに。

……そうだ、たった一晩でコノエはいらないものになった。

その記憶があった。コノエの根底にあるのは、その瞬間の絶望だった。

後になって知ったのは、コノエの家庭が両親双方の浮気《うわき》がきっかけで崩壊していたという事実だった。とうの昔にお互いへの情が失《う》せていたのを表面上だけ取り繕っていて。それが壊れてしまった結果、コノエはどちらにとっても邪魔なモノになっていた。

コノエの居場所はどこにもなかった。ただ一人家に残されて、世話をするのは雇われた家政婦の仕事になった。

家政婦は世間体を保つために雇われた人で、いつも不機嫌そうにコノエを叱責した。食事はあった。服は洗濯されていた。しかし、まともな会話はなかった。仕事だけをする人だった。

同級生はコノエを嘲笑《あざわら》った。進学前の時間をほとんど家の中で孤独に過ごしたコノエは他者を知らなかった。拒絶される恐怖だけがあった。だから、学校に通いたての頃に孤立して、卒業するまで変わらなかった。

教師はコノエを邪険にした。面倒ごとを運んでくる厄介者とみなして、コノエが孤立していても、石を投げられていても、むしろコノエを責めた。

……それが、幼い日のコノエだった。ずっと一人でいて——。

◆

『…………』

——そんな子供をぼんやりとコノエは見る。夢の中のあやふやな意識で、泣いている子供《じぶん》を見る。

誰も傍《そば》にはいない、一人で生きて一人のままに成長した子供。

……少し年を重ねて、上の学校に進学しても子供《コノエ》は一人だった。

事務的な会話だけはどうにか出来るようになって、それ以外はダメだった。

だって、コノエは好意を知らなかった。悪意ばかりを、絶望を知っていた。誰も彼も、裏で己のことを嫌っている気がして、一度そう思うと何も言葉が出てこなかった。人を疑いの目で見る癖が、出来ていて。

『……………あぁ』

……そして、それは今に至るまで変わっていない。

ああ、そうだ、コノエは何年経《た》っても、幼い日のトラウマを乗り越えられなかった。コノエは変われなかった。疑うことを止められなかった。

もちろんコノエも人間が悪い人ばかりでないと習っていた。そのはずだった。

でも、ずっと疑《そうやっ》て生きていたから。コノエはもうそんな形で固定されてしまっていた。

本当はカウンセリングにでも行ったら良かったのかもしれない。

誰か一人にでも助けを求めれば良かったのかもしれない。しかし、そうは出来なかった。そうは生きられなかった、人を信じられなかった。

……結果、最後まで一人のまま生きて、一人で死んだ。

手を握ってくれる人も、悲しんでくれる人もいなかった。それが日本人コノエの一生だった。

——だから、そんな人生だったから。

二十五年前のあの日、コノエは惚《ほ》れ薬という言葉に惹《ひ》かれた。

人ではなく、薬にこそ救いを見た。

薬なら、疑わなくていい。人の心は信じられなくても、薬はきっと信じられる。薬を飲んだ人は、コノエのことを好きになってくれるはずだった。

そのためなら、いくら血を吐いても耐えられた。死ぬほど苦しくても、なんとか歩き続けることが出来た。何年も、何十年でも。その日を想《おも》うとなんとか頑張れた。

歪《ゆが》んでいる自覚はあった。正しくないと思っていた。

それでも、コノエにはもうこの生き方しかない。間違って生きてきた人間は、こうすることでしか誰かと一緒にいることは出来ない。

コノエはそう思ったから——。

『——それは、違うよ』

『…………？』

——あれ？　とコノエは思う。

どこからか、声がした。コノエは夢現《ゆめうつつ》の中、不思議に思う。

聞き覚えがある声。昔、ずっと昔に一度聞いたような。

『――あなたは間違った子じゃないよ。あなたは人のために頑張れる優しい子だよ』

心地よい声だった。優しい声で、何だか温かいものを感じた。

だからコノエは体から力が抜けていく。ずっと寒かったのに、羽毛にでも包まれているような気がして。

『――大丈夫。きっと、大丈夫だから』

コノエは不思議に思いながら……ふと意識が浮上するのを感じる。きっと目が覚めようとしている。体が温《ぬく》もりに包まれたまま浮き上がっていって。

……そして、最後に、コノエはなんだか頭を撫《な》でられたような気がした。

◆◇◆◇◆◇◆◇◆◇◆◇◆◇

「……あぁ」

コノエは目を覚ます。瞼《まぶた》を開けると、そこは馴染《なじ》みのない部屋だった。

城の客間だ。ここ一週間ほど滞在しているけれど、ベッドで寝たのは昨晩が初めてだった。

「……くぁ」

あくびをし、城や周囲の索敵をしながら体を起こす。問題はない。魔物の反応は近くにはなかった。

昨晩は二度ほど魔物が近づいて来て、迎撃のために目を覚ましたが、それ以外の襲撃はないようだった。今は活発に動き回る人の気配だけがあって、だからコノエは首筋を掻《か》きながらベッドの上でぼうっとして。

「……なんだか、気分がいいな」

ポツリと呟《つぶや》く。不思議なくらい爽快な目覚めだった。

コノエは以前から、疲れているときには悪夢を見ることが多い人間だった。だから、今回もきっと嫌な夢を見ると思っていた。なにせ七日七晩の後だ。コノエの今までの人生でも上から十番目に入るくらいには疲れていた。なお、一番はアデプトに認められたときの最終試験だ。

(……どうしてだろう)

とにかく、気持ちよく起きられたのがコノエは不思議だった。

もちろんコノエも悪夢を見たい訳じゃない。しかし今まではほぼ必ず見ていたのに、いきなり見なくなるとそれはそれで不思議なものだ。コノエは首を傾《かし》げて。

(……神様？)

ふと、そんな言葉が浮かんでくる。

何故《なぜ》そう思ったのかはわからない。昨日まで力を貸してくれていたからだろうか。

今はもう気配がないから、きっと都に帰ったのだろう。神様も忙しい身の上なので、ずっと一人のアデプトを見ているという訳にもいかないだろうし――。

（――そういえば、夢と言えば）

連想ゲームの要領で、コノエはかつて聞いた噂話《うわさばなし》を思い出す。休憩室で他のアデプト候補生が話していたのが耳に入ってきたことがあった。

神様から力を借りると、晩に神様の夢を見ることがあると。魔力を貰《もら》うときに神様との間にパスが繋《つな》がるらしい。そのときに後ろめたいことがある者は、神様が夢に出てきて、こんこんと説教をされるのだとか。

……まあ、当然噂《うわさ》だし、信憑《しんぴょう》性はない。

今回も気分がいいだけで神様は見ていないし。というか事実だったら、惚《ほ》れ薬奴隷ハーレムなんて考えている自分が説教されないはずがない、とも思い。

（……神様は）

コノエは、神様を想《おも》う。真っ白な神様。人ではなく、その上の存在。天上のお方。

……だから、だろう。

コノエは、神様を疑えない。

対面していると、つい緊張がほぐれる。目の前の笑顔は、優しさは、言葉ではないが故に、心に直接伝わって来る。コノエにとっては生まれて初めての感覚。それ故にコノエは何度も神様の下《もと》へ通って。

「――いや、それは、いいか」

コノエは頭を振る。思考を打ち切る。

そして大きく息を吐いた。今日はもう少しゆっくりしていても許される。なにせ大仕事を終えたばかりで、雇い主《テルネリカ》からもしっかり休んでくれと言われていた。

「……」

一応、もう一度魔物の気配を確認して、人の動きも見て。

緊急事態が起きていないことを真面目に確認して、起こしていた体をまたベッドに横たえた。

「……ふぅ」

改めて、コノエは大きく息を吐く。初仕事は、思ったよりも大事になった。

最初の計画では、こうじゃなかった。まあ、計画というほど大層な見通しはなかったけれど、もう少し楽な仕事というか……どこかで死病の診療所でも開いて、金を稼いでいこうか、なんて思っていた。

ゆっくり金を稼いで、今年中に目標が達成出来ればいいかなと。

それが、あれよあれよという間に、街全体の救援だ。

なぜこうなったのかと言えば、あのときあの子《テルネリカ》を抱えたからで。

「……」

……後悔するようなことでは、ないけれど。

自分にだって、人を助けられたことを喜べるくらいの善性はあるのだ。コノエは己のことをそう思っている。

「……まあ、なんにせよ」

なんにせよ、目標はもう目の前だ、二十日と少し後には金貨千枚が入ってくる。屋敷《やしき》も買えるし、奴隷も買える。薬もそれほど高くはないだろう。

コノエの惚《ほ》れ薬奴隷ハーレムは、すぐそこまで来ていた。

つまり、今度こそ、コノエは誰かと……。

「……ん？」

と、そんなことを考えているとき。ノックの音が部屋に響く。

『コノエ様。テルネリカです。もうお目覚めでしょうか』

「……ああ、覚めてるよ」

『着替えをお持ちしました』

入ってもよろしいですか、と言うテルネリカに、どうぞとコノエが返す。

コノエはベッドから起きて、軽く頭と寝巻を整える。そして扉が開くのを見届けて――。

「――？」

「コノエ様、こちらをどうぞ」

――あれ、と思う。コノエはテルネリカを二度見する。

テルネリカはそんなコノエに笑顔で畳まれた服を差し出して。

「……コノエ様？」

「……ああ」

揺れるフリルに、白と黒のエプロン姿。

膝丈のスカートが、テルネリカの動きに合わせて揺れていた。

……コノエは何度か瞬《まばた》きをする。

何故《なぜ》ってそれはテルネリカがメイド服を着ていたからだ。

THE HOLE IN MY HEART CANNOT BE FILLED WITH REINCARNATION

第三章　二人の日々

1

——そこは、シルメニアの街から数キロ程離れた山の一角。

木々に覆い隠されて地上からも上空からも見えないような所に、一つの洞窟があった。瘴気《しょうき》汚染が起きる前なら、年かさの木こりだけが偶《たま》に使っていた小さな洞窟だ。知る者のほとんどいない、山の奥の奥。人が寄り付かない、隠れ家のような場所。そんな場所に。

『GRU……』

今、一匹の竜がいた。

緑色の鱗《うろこ》が特徴的な竜。風の下級竜だ。魔物の頂点に君臨する最強種であり、空の支配者。

——コノエ《アデプト》から逃げた一匹。

シルメニアの街を襲った二匹の竜の片割れが、そこにいた。

『…………』

竜は、洞窟の前の少し開けた小さな空間にいる。

本来なら大空を我が物顔で飛び回っている怪物は、しかし、ほとんど身動きせず、咆哮《ほうこう》も上げず、ただただ地に伏せている。伏せていて、ずっと同じ場所を見続けている。

見つからないように、されど、見逃さないように。気配を殺し、体を縮め、木々のわずかな隙間から観察し続けていた。

――竜は、コノエに察知されないように気配を消し、ただ街を見ていた。

◆◇◆◇◆◇◆◇◆◇◆

――不眠不休の七日間から、三日。

つまり、シルメニアの街に来て十日目。そんな日の朝、コノエは与えられた部屋の窓際《まどぎわ》に立ち、空を見上げていた。

そこにあるのは薄紫色の空だ。本来の青とは違い、瘴気《しょうき》が混ざった色の空。

コノエはその空の様子に。

（……色は、薄くなってきているか）

そう思う。十日前はもっと濃い紫色だったよな、と。

これは大気中の瘴気《しょうき》の濃度が薄くなってきた証《あかし》だ。迷宮から新しい瘴気《しょうき》が漏れ出していないことを表している。

――それはつまり、この辺りを統括している大貴族が上手《うま》くやっている証拠でもあった。

この世界では、ダンジョンは瘴気《しょうき》核が生まれることで氾濫を始める。

氾濫したダンジョンは瘴気《しょうき》と魔物を作り出し、地上を汚染する。氾濫は瘴気《しょうき》核を破壊するまでは終わらない。だから、人は必死に瘴気《しょうき》核を探し、一刻も早く破壊しようとする。

しかし、ここで問題になるのは、やはりダンジョンの広大さだ。

広く、そして三次元的な構造を取る迷宮の中で、一つの瘴気《しょうき》核を見つけ出すのは至難の業だった。

つまり、時間がかかる。一日や二日で見つかるものじゃない。それを待っていたら、瘴気《しょうき》核を破壊する頃には被害がとんでもない範囲に広がってしまう。

故に、死病や魔物の被害を抑えるために、氾濫が始まった後、まず入り口を封鎖する必要があった。一般的にその方法は封鎖結界と呼ばれる特殊な結界を用いたものであり、封鎖結界の手はずを付けるのが、地域をまとめている大貴族だった。

——なので、この辺りの大貴族は上手《うま》くやっているのだろうとコノエは思う。

(今の瘴気《しょうき》濃度は……大体半分くらいだろうか)

ダンジョンから漏れた瘴気《しょうき》は、追加されなければ空気に混ざり薄まっていく。十日経《た》った今の濃度は最初と比べるとかなり薄くなっていて——それがどれくらいの毒性かと言えば、体に害はあるけれど、予防薬を飲んでいれば死病の発症をほぼ抑えられるくらいだった。

……そう、ほぼ、だ。

ほぼ、発症を抑えられる。ということは、つまり。

「アデプト様」

「……」

「今朝の死病の発症者は十三人です。どうか治療をお願いいたします」

「……ああ」

可能性は零ではない、ということでもあった。

だからコノエは一日に二回程度、騎士から声をかけられて死病の治療に向かう。なお、死病に抗体などは出来ない。瘴気《しょうき》に晒《さら》されている限り死病は何度でも発症する。

——なので、街に駐在し、再度死病を発症した患者の治癒を行うこと。加えて騎士団では対処出来ない高位の魔物の討伐。それがここ数日のコノエの主な仕事だった。

◆

まあ、後は消化試合みたいなものだよな、と、コノエは思う。

一番大変な部分はもう終わって、後は契約の三十日が経《た》つまで死病の治癒と魔物の討伐をすればいいだけだった。

瘴気《しょうき》の濃度は日に日に下がっているし、患者数も減っている。ダンジョンが封鎖されている以上、魔物の数が極端に増えることもない。

きっとダンジョン内では瘴気核《しょうき》の捜索も進んでいるだろうし——学舎から一人、知っている瘴気核《しょうき》討伐に向いたアデプトが派遣されているはずで、期日が来る頃には発見されている可能性も高いんじゃないか、とも思った。

一匹残っている風の竜の行方が少し気になるものの、それだって街の復興が進めば対策できる。この世界の人は、決して強大な魔物に蹂躙《じゆうりん》されるだけの弱者ではない。

そして、もしその前に襲ってきた場合はコノエが討伐すればいい話だった。つまりコノエにとって、この街での仕事はほとんど終わったようなものだ。

「……」

……だから、少ない治療を終えて自室に戻ったコノエの意識は仕事から別の所へ向かう。

それがどこかと言うと、コノエのすぐ傍《そば》だった。

「——コノエ様、お茶が入りました」

「……ああ」

コノエはちらりと横を見る。そこにはテルネリカがいる。

エルフの少女。この街の領主の娘。コノエの雇い主が、なぜかフリルの沢山ついた服を着てコノエに給仕《きゆうじ》をしている。

……そうだ、なぜかメイド服を着ている。大きなリボンがあしらわれた、日本人からすると少し異世界風に改造されたデザインのメイド服を。

「……」

聞くところによると、メイド服自体は地球人が広めたらしい。

地球人が技術を目的に召喚されるようになって数十年。この世界には、地球の文化と技術が色々と入り込んでいた。

それは料理やファッション、文化など多岐にわたる。

メイド服もその一つで、デザインと統一性が評価されたこと、そして少しずつ発展してきた機械技術による大量生産などにより、今は世界中に広まりつつあるのだとか。

あとは、機械で織られた目の細かい布地には従来の手作業よりも高い値段がつき、しかし貴族は魔法繊維の服しか着ないため、結果として貴族の使用人の服に使われるようになった、とも。そういう話をコノエは学舎で小耳に挟んでいた。

コノエの感想としては、メイド服はフリルが沢山ついていて大量生産には向かないのではと首を傾《かし》げつつ、きっとどこかで誰かが情熱を燃やした結果なのだろう、と思っていて。

「……」

――まあ、とにかくテルネリカはそんなメイド服を着ていた。

理由はよく分からない。一度質問したところ、『私は、コノエ様のお世話をさせて頂きますので！』と返って来た。

世話をするにしても、いちいちメイド服を着る必要はないのではないか。そもそもテルネリカが世話をする必要があるのか。他の使用人ではダメだったのか。というより、前提として自分のことは自分で出来るので、世話役とか要らないのでは——。

——などなど、様々な疑問はあったものの、当たり前のようにテルネリカがメイド服で傍《そば》にいるのでコノエは押し切られていた。

コノエは、戦闘中のように合理的判断が必要でもない限り、そして露骨な悪意や実害がない限り、基本的に押しに弱い男だった。

「……」

「……コノエ様？　私に何か？」

「……いや」

内心色々なことを考えつつ見ていると、首を傾《かし》げたテルネリカに問いかけられる。

笑顔で真《ま》っ直《す》ぐコノエを見る少女に、コノエはつい目を逸《そ》らして。

「なにかご要望があれば仰《おつしや》ってくださいね？」

「……ああ」

「私、コノエ様の為《ため》なら何でもさせて頂きますので！」

「……」

本当に、何でも大丈夫ですから！　とテルネリカが言う。

そんな言葉にコノエは——いやいや、それは気軽に言っていい言葉じゃないだろう、と内心で思う。

若い少女が男に対して言う言葉じゃない。しかも立場がある貴族の令嬢だ。もう少し危機感を持って行動をした方が良《い》いのではないだろうか。

特にコノエは実年齢はともかく、外見的、肉体的には十代後半を維持している。生命魔法の力だ。そんな男に軽率な言葉遣いをして勘違いしたらどうするつもりなのだろうかと。もちろんコノエはそんなことしないけれど。

「…………」

——でも、しないけれど、困ってはいる。

地球にはいないエルフの少女。明るい笑顔。メイド服。

それらは全てがコノエの人生にはなかったものだ。

なかったが故に知らなくて、知らないが故に困惑している。そして逃げたくなる。でもお世話係らしいのでずっと傍《そば》にいて、というか、誰かがずっと隣にいるというのもコノエにとっては初めての体験で。

「……………………」

……だから、ここ数日のコノエは沈黙の裏で色々と困っていた。

2

テルネリカが淹《い》れてくれたお茶を飲んだ後、コノエは街に出ることにした。

二人で部屋にいると、どうしていいか分からない気がしたからだ。

「……」

コノエは当然のようについてくるテルネリカと共に、城の正門から出て街へ一歩足を踏み出す。

城の門を守る衛兵に軽く手を上げて挨拶をし、忙しそうに走り回る人々の横を通り抜けた先には大きな通りがある。

シルメニアの街、城門前の大通りだ。多くの店が軒を連ねた街一番の繁華街だった場所。かつては出入りする商人や冒険者達が行き交い、大層賑《にぎ》わっていたらしい。

……そう、らしい、だった。今は違う。

右も左も瓦礫《がれき》の山だけが続いている。魔物達——特にヘカトンケイルによる破壊の傷跡だった。何もかも踏みつぶされてしまっていた。

見渡す限り、無事な所の方が少ないような状況。遠くに見える畑も枯れ果てていて、茶色い土の色だけが見えていて。

「……シルメニアの街は、聖花の街と呼ばれていました」

隣のテルネリカが街を歩きながら説明してくれる。聖花とは、神の加護を強く受けた聖なる花のことで、シルメニアはその花の栽培を大規模に行っていた街だったと。

歴史は長く、千年は優に超えるのだとか。エルフのような長命種がいるこの世界でも一際《ひときわ》長い歴史を持つ街だったようだ。建物にも文化的に価値が高いものが多く、考古学者が訪れることもあったらしい。

ここは古くからある建物を、皆で大事にしてきた街なのだと。

協力して資料を残し、遥《はる》か昔の建築法や栽培法を守ってきたと。

……でも、今はその全てが破壊されてしまったのだと。

聖花も瘴気《しょうき》に汚染されて枯れてしまい、そして、保管していた種すらも腐り果ててしまったと、テルネリカは唇を噛《か》みながら言った。

「……」

……コノエも改めて街を見る。それがシルメニアの街の現状だった。街はもう跡形もなく、瓦礫《がれき》の山ばかりが残っている。

この世界には魔法があり、復興にかかる時間が地球より短いとしても、街中の瓦礫《がれき》を撤去するだけで季節が一つくらいは終わってしまいそうだった。その後にまた街を再建するとなれば、一体どれだけの時間がかかることか。

加えて聖花《さんぎよう》も壊滅的で、再開の見通しが立つのかも分からない。

仕事が減ってきたコノエとは違い、住民たちはこれからが本番だ。

それでなくても死病に苦しみ、地獄を見た街の住民たちだが、苦難はまだ去っていない。

住民たちは過酷な状況で暮らしている。食料は城に備蓄してあったものの、住む場所がない。

街の家はかなりが崩壊し、多くの人々が城の中で雑魚寝《ざこね》するようにして暮らしている。ゆっくり眠れるベッドすらない状態だ。

きっと、酷《ひど》く疲れているだろう。苦しんでいるだろう。

そして、人は苦難が続けば心が折れてしまう。

……その結果、心が折れた人間が何をするかというと――。

「――」

……そこまで考えて、コノエは小さくため息を吐く。

思考が段々とマイナスに傾いていく己を自覚する。

コノエは知っていた。心が折れた人間は理由を探し始める。諦める理由。もう頑張らなくてもいい理由。ストレスの矛先を探し始める。

そうなれば一番初めに理由になるのは弱者だ。虐《しいた》げられるのは、己だけでは身を守れない子供たちや老人。

――幼い日、親に見捨てられ、誰にも頼れなかったコノエが石を投げられたように。

「……」

コノエは、もう一度街を見る。復興は、既に始まりつつある。

人影は少ないが、そこら中を忙《せわ》しなく人が走り回っていて、通りは資材を載せた台車が行き交っている。

破壊された道の補修に、崩れた瓦礫《がれき》の撤去作業。

そしてなにより、街の結界塔——人がこの世界で生きていく上で最も重要な建物の修復も始まっている。

すれ違う街の人々の顔は上がっていて、表情に諦めは見えない。どこかから力強い掛け声も響いて来る。

懸命に前を向く彼らの姿をコノエは見て……。

「……」

……しかし、それもいつまで続くだろうか、と。

コノエはかつてを思い出し、乾いた感情で思う。

いつも部屋の隅で丸まって泣いていた自分。いらないもの、弱者だった自分。誰にも助けてもらえなかった自分。

……今は街の者たちもやる気があるかもしれない。

でも、数日後には分からないとコノエは思う。

疲労は積み重なっていく。苦しみはいつまでも終わらない。そうなればその先には、と。

◆

——なんだか嫌な気分になったのでコノエは自分の部屋に帰る。

何のためにわざわざ街まで行ったんだという気もするが、帰《かえ》り際《ぎわ》に怪我人《けがにん》がいてその治療をしたので意味はあったということにしておいた。

「コノエ様、どうぞ」

「……ああ」

予想外に負に傾いた思考を忘れるために、コノエはテルネリカの淹《い》れたお茶を飲みつつ、献上品のクッキーをつまむ。

クッキーはつい先ほど貰《もら》ったものだった。テルネリカとコノエに是非と手渡《わた》されたもの。形が不揃《ふぞろ》いで所々焦げており、復興に加わることが出来ない老人と子供たちで作ったらしい。

それをコノエは、手作りのクッキーとか初めて食べるなと思いつつ、一枚二枚と口に運んでいく。そんなコノエをテルネリカはニコニコと笑って見ていた。

「では、私も少し頂きますね」

「……ああ」

そして、テルネリカもクッキーを手に取る。

普段はメイドだからと席に着こうとしないテルネリカも、今回は姫へと持ってきた物なので、せっかくだからとコノエが勧めていた。

「……」

テルネリカがクッキーを食べる。紅茶を口に運ぶ。

その様子をコノエはなんとなく見る。

――綺麗《きれい》な動きだな、と思った。

音も立っていない。カップを手に取るときも、口をつけるときも、カップを置くときもだ。

上流階級っぽい作法だ。育ちが出ていると感じた。

「……美味《おい》しい。あとで皆にお礼を言っておかなくちゃ」

呟《つぶや》くテルネリカに、コノエは目を細める。

綺麗《きれい》な食事姿。やはりこの子は貴族なのだと思う。なんか数日ずっとメイド服を着ているけれど、目の前の少女はこの街の領主の娘なのだと。

「……」

……なぜこの子はメイド服なんて着てるんだろうか、と改めて思う。

というか、領主の娘をメイド扱いするって傍《はた》から見てやっぱりどうなんだ？　とも。

この世界の貴族は、地球に過去にいた貴族とは大きく違う。制度も違えば、役割も違う。この世界の貴族は、邪悪を討ち滅ぼすために神と契約した者達のことだ。神によって強い加護を与えられた一族。

だから、メイドのように加護を必要としない仕事に貴族は就かない。昔の地球では身分がより高い家でメイドをする貴族令嬢もいたそうだが、この世界にはいない。メイドはメイドをする本職がいる。身辺警護をする女騎士はまた話が別だが。

そのように貴族の役割がはっきりしている世界で、テルネリカをメイド扱いしているコノエ。それはこの街の住民からどう見えているのか。

ここ数日見た感じだと、テルネリカは街の住民から愛されている。道を歩けば姫様、姫様と人が寄ってくることも多い。今日みたいに献上品をもらうこともある。

冷静に考えれば、そんな慕われている姫をメイドとして顎で使う男が今のコノエだった。

……これは大丈夫なのだろうか。少し不安になる。裏で変な噂《うわさ》を立てられたりしていないだろうか。色ボケとかろくでなしとか。

「……………」

コノエは、どんどんネガティブになってくる。

先程嫌な気分になったからだろうか。コノエの本性が顔を出している。

過酷な訓練や危機的状況で抑えられていた本質。マイナス思考で、疑《うたぐ》り深《ぶか》く、悪意ばかりを見る。目の前の人を信じられず、ついには人より薬なんかを信じた。それが、コノエという人間だった。

「………テルネリカ」

「はい、なんでしょう！」

「……その、だな」

少し不安になってきたコノエはテルネリカに問いかける。

最近、コノエの悪い噂《うわさ》が街で広がっていないかと。変な目で見られていないかと。そして、もし噂《うわさ》があるようなら、やはりテルネリカのメイドを断ろうとも思っていた。

「………………コノエ様の、悪い噂《うわさ》？　そのようなもの、あるはずがありません」

「……そうか？」

ぽかんと口を開けて数秒呆然《ぼうぜん》とした後、テルネリカが言う。

心底理解できないという顔だった。なに言ってんだこいつ、みたいな。

……そんなに変なことを言っただろうか。

「この街の者は皆、コノエ様に命を救われたのです。あの七日間のコノエ様の献身を忘れる者などいるはずがありません」

「……」

「街の者は皆、コノエ様を敬い、御恩に報いるだけの働きをしようと努力しております。どうかその姿を見ていただければと」

……命を助けた、か。それはまあ、間違いないと思う。

コノエからすれば引き受けた仕事を真面目に行っただけなので、献身というのは全く違うが。確かに、街の住民の治療はした。恩を感じている者も居るだろう。それはコノエも多分そうだと思っている。

でも、その一方で人間とは恩なんか忘れる生き物であるとも思っていた。

……喉元を過ぎれば、熱さなんて忘れる。だから、あれからもう数日経《すうじつた》っているし結構な人数が忘れてるんじゃないかと。人は自分が一番大事で、身勝手なものだ。かく言うコノエが欲望に任せて惚《ほ》れ薬奴隷ハーレムを作ろうとしているように。

「……」

……まあ、目の前のテルネリカは、なんだかよく分からない感じだけど。

『私の体など、……どうでも、いい！』

『時間が、ないのです！　我らの街が、……ごほっ、滅びかけているのです！』

十日前のあの日、血を吐きながら叫んだ彼女を思い出す。

死にかけても諦めず、己ではなく他者のために行動し続ける姿を。コノエの知る人間とは違う姿。

――コノエには、テルネリカが理解できない。

「…………」

コノエは当時の姿を思い出しつつ、テルネリカをなんとなく見る。エルフの少女。あのときとは違い、傷も血もなく健康な体に戻っている。……少しズレた思考で、末期の死病は後遺症が残ることがあるので無事に治せてよかった、とも思いつつ少女を眺め──。

「──？」

──ふと、テルネリカとコノエの目が合う。

少女は少し不思議そうな顔をしていて、そんな青色の瞳がコノエと重なる。

ほんの一瞬の空白があって、テルネリカはピタリと動きを止めて。

──そして、僅かに首を傾け、笑う。コノエに笑いかける。花が綻ぶように。大きな目が細められ、頬がかすかに染まる。つい見惚《みと》れそうになるような、人形のように整った、しかし血の通った美。地球ではありえないエルフの少女。

「……………」

……コノエは、その笑顔になんとも言えない気分になって目を逸《そ》らす。

困って、意識して思考を切り替える。……というか、そもそも自分は何を考えていたのかと思って、ああそうだ、メイド服について考えていたんだった。

……まあ、なんにせよメイド服は問題じゃないだろうか、と思う。

成り行きで受け入れていたけど、どうして誰も止めないのか不思議なくらいだった。貴族令嬢がメイドの真似事《まねごと》なんて、周囲の人や、それこそ家族は普通止めるものじゃないのか。

「――？」

……うん？　あれ？

……そういえば。

（もう十日も経《た》つのに、テルネリカの家族、見たことないな……？）

コノエは今更ながら、そう思った。

3

コノエはどうしてテルネリカの家族と会ったことがないのか。

街に来て十日後の今日、初めて疑問に思う。

（……もしかして、死んだ？）

コノエが最初に思いついたのは、それだった。

この街に転移門で飛んできたあの日、この城の中は死地だった。魔物達は我が物顔で城を歩き回り、人は城の最上階にある謁見の間に立てこもることしかできなかった。

多くの騎士が魔物と戦って死に、また、逃げきれなかった民も犠牲となった。あのとき、城では数百を超える犠牲者が出ていた。

（……その中にいたのか？）

可能性はあると思った。貴族は基本的に最前線で戦うからだ。

神の加護を受け、幼少のときより鍛え上げ、そして邪悪を打ち滅ぼすのが貴族の役目だった。

なので、やはり十分にあり得る話で……。

（……しかし、疑問もある。先日の葬儀だ）

コノエは二日前に行われた葬儀を思い出す。

城や街から運ばれた遺体を合同で葬儀した。コノエも顔を出して、この世界の方法で冥福を祈った。

でも、並んだ名前の中に、貴族らしき名前はなかったように思う。騎士と民は分かれて名前が記されていたし、当然、貴族なら分けて扱われるはずだった。

「…………」

わからない。テルネリカの家族がどうしているのか。

でも流石《さすが》にテルネリカに直接聞くのは気が引けた。もし本当に亡《な》くなっていたら、傷口を抉《えぐ》ることになりかねない。それくらいの気遣いはコノエにもできる。

「……」

どうしようか、とコノエは思い……。

◆

「──ではコノエ様、失礼いたします」

「……ああ」

しばらくして、普段通りに戻ったテルネリカが茶器を抱えて部屋から出ていく。

それを見送って……チャンスが来たと思った。

「……」

コノエは部屋をこっそり抜け出す。

そして、事前に察知しておいた年配のメイドらしき気配の下《もと》へ向かった。

「……少し、聞いてもいいだろうか」

「……!? アデプト、様。──はい、何の御用でしょうか」

メイドは突然現れたコノエに目を白黒させ──すぐに落ち着いて微笑を浮かべる。

驚かせてしまったことを反省しつつ、その落ち着いた佇《たたず》まいと切り替えの早さに流石《さすが》本職だなとコノエは思ったりもしつつ。

「……テルネリカの家族について聞きたい」

メイドに問いかける。なぜこの城にいないのか、と。

するとは微笑《ほほえ》んだまま、小さく頷《うなず》いて。

「姫様のご家族――シルメニア家のご当主様と奥方様、若様は、封鎖結界を張り、その維持をしておられます」

「……封鎖結界？」

「はい。シルメニア家の方々は、迷宮の氾濫をまず第一に抑えることをお役目としておられます。そのため今この時も、迷宮の門で結界を張り、瘴気《しょうき》や魔物から我らを守って下さっております」

メイドはそう、胸を張って言う。

コノエはそれに一つ頷《うなず》いて。

「……なるほど、そういうことか」

◆

――これは、そもそもの話になる。

魔物などという人類の敵が闊歩《かっぽ》する世界、それもヘカトンケイルや風竜などの災害級の魔物までいるような世界で、どうして人は生存圏を保っていられるのか。どうやって、街を作り、維持してきたのか、という話だ。

アデプトのおかげだろうか？　いいや、違う。

アデプトは人に比べて数が少なすぎる。緊急時にこそ力を発揮するが、普段から小さな村や街を守るようなことは出来ない。

強大な魔物はいつどこに現れるかもわからず、アデプトが移動するための転移門は使用までに時間がかかる。数時間という起動時間は、腕や翼の一振りで街を破壊出来る魔物たちを前にすれば絶望的なまでに長い。故に、人を守ってきたのはアデプトではなく別の物だった。

——それが、都市結界だ。

神より与えられた、邪悪より人を守るための力。人の世界を、後の世まで続けるための力。

この世界では街や村には結界塔と呼ばれる建造物がある。

結界塔は神の加護を受けており、結界術者の力を極限まで強化する触媒として働いてくれる。その力を借りて術者が造り出す結界は、災害級の魔物であってもある程度弾くことが出来た。

そう、風竜であろうとも、ヘカトンケイルであろうとも、だ。……というか、シルメニアの街が迷宮の氾濫に襲われてから十五日間生き残っていた理由が都市結界だった。

汚染された後の十五日間の大半を、シルメニアは結界に守られていた。しかし、術者が死病に倒れたこと、そして数多《あまた》の魔物達から攻撃を受け続け、消耗したこと。それらが重なった結果、ああなってしまった。

この魔が溢《あふ》れた世界で、人は結界があるからこそ生きていける。

結界術師は多くの人々にとって、最も身近な守り手であると言えるだろう。だから現在のシルメニアの街でも結界塔は最優先で修復中だった。

――そして、この前提を元に、次に出てくるのが封鎖結界についてだ。要するに、テルネリカの家族が今していることになる。

封鎖結界とは、都市結界の一つ上のものになる。

その違いがどこにあるかと言えば、瘴気《しょうき》を通すか否《いな》かということだ。街の結界は瘴気《しょうき》を通してしまう。封鎖結界は、瘴気《しょうき》を通さない。

封鎖結界は、氾濫を始めた迷宮を抑え込むためのものだ。瘴気《しょうき》と魔物を吐き出し始めた門を最初に閉じ、それ以上溢《あふ》れてこないようにするもの。……街にコノエが救援に来た日、街は瘴気《しょうき》に染まり、城は魔物に埋め尽くされていたが、本当はあれでも少ない方だ。もし封鎖結界がなければあの程度では済まない。

封鎖結界がなければ瘴気《しょうき》は際限なく吐き出され続け、地は汚染され、魔物に埋め尽くされる。

今、シルメニアの街の周囲の瘴気《しょうき》が減っているのも、封鎖結界が街近隣の迷宮の入り口を閉じているからだった。

◆

（……なるほど、封鎖結界の術師だったのか）

コノエは納得する。そして、それなら街にはいないだろう、とも。

きっと今頃は、この地域のどこかに開いた迷宮の門の前で結界を張っているはずだ。封鎖結界を統括するのはこの地方の大貴族なので、その指揮下で働いているのだと思う。

「……」

……でも、そうなると。

コノエはふと思う。この街は。

（……封鎖結界の術師が治める土地なのに見捨てられたのか）

少し、不思議に思う。封鎖結界は誰にでも使えるものではない。術師はアデプト程ではないけれど数が少なく、ある程度は優遇があるはずだった。

「……」

ただまあ、人口の差が大きければそういうこともあるのかもしれない、とも思う。情に流され、一万人都市を見捨てて五千人都市には救援は送れない。

この世界の貴族は神と契約し、強力な加護と莫大《ばくだい》な富と権力を得る。そしてその代わりに邪悪より民を守り、国力を上げ、いつかは邪神を討滅する義務があった。神との契約の前に私情を出すことは出来ない。

――この世界の貴族は、色々と縛られて生きている。

◆

（……しかし、だからこの娘は都に一人で来ていたのか）

メイドとの会話を終えて部屋に戻ったコノエは、少し遅れて部屋に戻ってきたテルネリカの働く姿を後ろから見る。メイド服を着て部屋の掃除をする少女。ただ一人で街を背負って、懸命に叫び続けていた。

それにコノエは、大変だっただろうなと、そう思うことしかできなくて。

「――そういえば、コノエ様」

「……うん？」

「実は今朝、転移門で少し食料を運び込めたのです。なので何かご要望などございましたら仰《おっしゃ》っていただければ」

ああ、そういえば。早朝に転移門が起動していたなとコノエは思いつつ。

「……特にないよ。僕のことは気にしなくていい」

「……そうですか？　なんでもいいのですけれど。たとえば故郷のお食事などいかがでしょう？　出来る限り努力させていただきますが」

……故郷の食事、か。まあ、食べたいものが全くないと言えば嘘《うそ》になる。

日本にはあまりいい思い出のないコノエだが、食事だけは体に染《し》みついているので話が別だった。時折米が食べたいな、とか味噌汁《みそしる》が飲みたいな、と思うことはある。

……でも。

「……いいや、大丈夫。気にしなくていい」

首を振る。用意するのも大変だろうし、そもそも食材が特殊すぎるからだ。

するとテルネリカは少し残念そうな顔をして。

「そう、ですか。かしこまりました。……そういえば、コノエ様はどちらのご出身なのでしょう。良かったらお聞かせいただければと」

「……異世界だよ。召喚されたんだ」

「……え？　そうだったのですか⁉」

テルネリカが目を見開き、珍しいのだろうか、コノエをまじまじと見る。そして、いつ召喚されたのでしょうか、と問いかけてくる。それに二十五年前だと答えると。

「二十五年……あの、でしたら、私とコノエ様はもしかしたら以前会っているかもしれません！」

テルネリカが胸の前で両手を合わせる。嬉《うれ》しそうに笑う。

「……うん？」

「私、二十五年前——十歳の頃に異世界人の施設の見学に行ったことがあるのです」

コノエもその言葉にテルネリカに改めて視線を向ける。二十五年前ならちょうど施設にいた頃だ。……そういえば、昔、エルフの少女を見た記憶があるような。

「何人かの異世界人の方ともお話をしまして。コノエ様はその中には居《お》られなかったと思いますが……」

「……まあ」

コノエもエルフと話した記憶はない。しかし、すれ違うくらいはしていたのだろうかと思う。そうだ、教官と一番初めに話していた時、たしかエルフがいた。それがテルネリカかどうかは思い出せないけれど。

（……というか、二十五年前に十歳って今三十五か？）

少し外れた意識でコノエはそう思う。以前習ったことによると、エルフは人より寿命が長く成長も遅い。たしか成人年齢は六十歳だったはずだ。最初の十年は人間と同じ速度で育って、その後は五十年かけて肉体的にも精神的にも大人になっていくのだとか。

つまり……彼女は今人間でいうと十五歳くらいなのだろうか？　大雑把な計算ではあるけれど。人間なら立派な大人だが、エルフとしてはやはりまだ子供だ。

異世界においてこの辺りの種族差はかなり大きかった。他種族からは分か《わ》り難《にく》いけれど、でも確かに差がある。例えば五歳で立派に身も心も成人する鼠《ねずみ》系獣人に、人間はなんでそんなに成長が遅いのか、と聞かれたら種族差としか言えないのと同じだ。成長速度に差がありすぎる。

「──それで、私、そのときにいくつか料理のレシピを聞いたのです。今作れるのは……サンドイッチでしょうか？　卵サンド、コノエ様も知っていますか？　茹《ゆ》で卵《たまご》を砕いてマヨネーズと」

「……ああ」

「でしたら、せっかくなので次のお昼にどうでしょう。腕によりをかけて作らせていただきます！」

少女は楽しそうに笑う。まだエルフとしては年若い少女。しかし、一人で街を背負っていた。

そんなテルネリカの笑顔に、コノエは頷きつつもやっぱり何を言えばいいか分からない。だから口を噤《つぐ》んで──。

「…………」

──そして、翌日の昼。食事には宣言通りの卵サンドが出た。

それは素材が違うからか、日本の物とは大きく味が違っていて、マヨネーズの酸味が強くて、風味にも癖があって。

……でも、どこか。少しだけ懐《なつ》かしい気がした。

4

夜が明ける。日が沈んで、昇って。さらに数日が経《た》った。

雲のない晴れた朝。コノエはちらりと窓を見る。

起床時の索敵の途中、数日前のことを思い出して、街の様子が少し気になる。前途多難な復興作業、疲れている街の者、そして子供たち……弱者だったかつての自分。

コノエは少しだけ街の様子が気になって──。

「……」

──しかし、頭を振って考えるのを止める。嫌なものなど出来る限り見ないほうがいいのだ。

◆

コノエが街に来て、十五日目になった。

偶《たま》に襲ってくる高位の魔物に、死病患者の治癒など、アデプトとしての仕事がなくなることはないものの、特に問題は起きていない。

なので、コノエは穏やかに日々を過ごしていた。

朝起きるとテルネリカに着替えを渡されて、顔を洗って。

朝食をとって、テルネリカの淹《い》れたお茶を飲んで。

朝の死病の患者の治療をして、時間が空けば軽く訓練をして。

昼が来ればテルネリカが用意した昼食をとって、少しのんびりして。

近くの森まで気配察知を伸ばして、厄介な魔物がいれば槍《やり》を投げて。

おやつの時間には献上品などをテルネリカと食べて。

日が沈む前くらいに日中に発症した死病の患者を治療して、その後本格的に訓練をして。

テルネリカが渡してくれたタオルで汗を拭いた後夕食をとって。

食後はテルネリカが用意した風呂《ふろ》に入って、テルネリカが整えたベッドで寝て。

……まあ、この数日のコノエの生活は大体そんな感じだった。


「…………………」


——いや、テルネリカが多すぎないか？

流石《さすが》におかしいのではないだろうかとコノエは思う。

もう生活のほとんどを世話されているし、風呂《ふろ》やトイレ、自室にいるときを除いて大体ずっと傍《そば》にいる。自室にいるときも隣の使用人室とやらにいるし、コノエが部屋を出たら、スススッと出てきて寄ってくるし。

何かあったらと魔道具のベルまで置いていって、笑顔で『鳴らしたらすぐに駆け付けますので、何でも仰《おつしや》ってくださいね』と言っていたし。

「……」

……あと、なぜか、目が合うと、それだけですごく嬉《うれ》しそうに笑うし。少し頰を染めて、なんでそんなにと思うくらいに。

どうしてこうなったんだろうか。分からない。

コノエは首を傾《かし》げて、しかしそんなコノエを尻目に、テルネリカはメイド服を着たまま、当然のように横で笑っている。

……だから、コノエは今日も困っていた。

◆

コノエはちらりと横を見る。

そこには今もテルネリカがいる。長い金髪のエルフの少女。十代前半から半ばくらいの外見。日本ではなかなか見られないくらいに整った顔立ち。

「……」

どうしようか、と思う。

コノエは、これまであまり誰かと長い時間を共に過ごしたことがない。一日中、誰かの顔を見ていたことがほとんどない。

学舎の訓練で人と長期間一緒に行動したことはある。寮での生活だったので、誰かが近くにいることも多かった。でもそれは必要だから近くにいただけで、そうしろと言われたから、そうなっていただけだ。

——でも、テルネリカはそんなコノエの傍《そば》にずっといる。

必要もないのに傍《そば》にいて、話しかけてくる。笑いかけてきて、一人と一人ではなく二人でいようとしてくる。

……だから、コノエは分からなくて、困っている。

こんなことは前の世界はもちろん、この世界でも一度もなかった。物心ついたころには親からも要らないモノ扱いされていたコノエは知らないことだった。

「……」

……そもそも、なぜテルネリカはここまでするのか。

それはおそらく恩だろうとコノエは思う。多分そうだ。確かな事実として、テルネリカを助けたし、彼女の要請を聞いてこの街に来た。間違いない。

助けた事実に対しての、恩返し。なるほど、これならコノエにも理解できる。

……しかし理解できるものの、コノエの感覚からするとここまでする必要はないように思う。

だって、コノエは雇われてここにいるだけだ。ここでアデプトとして働く代わりに、金貨千枚を受け取る契約をしている。

ただ、料金分真面目に働いただけ。それ以上でもそれ以下でもない。

だからコノエとテルネリカの関係は対等だ。お互い最低限の敬意を持って対応すればいいだけのはずで、必要以上に気を遣う必要もないはずなのに。

……なぜなのだろう？

（……それとも、もしかして、こうしなければいけない理由があるのか？）

ふと、そう思う。

テルネリカは必要があって、世話をしているのでは、と。

コノエに気を遣わなければならない訳。歓待して、テルネリカ自ら世話をしなければならない理由とは何か。

――例えば。

（そうしないと、僕が仕事をサボるとでも思っているとか……？）

最初に思いついたのは、それだった。

コノエはこれでも長く生きているから分かる。下手に出て良い気分にしておかないと、途端に機嫌が悪くなって仕事をまともにしなくなる人間というのはいるものだ。……もしかして、テルネリカはその心配をしているのだろうか。

もちろん、コノエは仕事をサボるつもりはない。

コノエは真面目な人間であろうとしているし、そうすることで何とか社会を生きてきた。真面目であることは、自らの唯一の取り柄だとすら思っている。

「……」

……しかし、もしテルネリカがそう思っている可能性があるとすれば。

◆

「……君は、僕に気を遣う必要はない」

「……？　はい」

コノエは、きちんとテルネリカに説明しておく必要があると思った。

無理をする必要はなく、特別扱いをする必要もないと。

「……僕は、金額分の仕事は果たすつもりだ」

「……⁇　はい」

金貨千枚の価値は重い。都で屋敷《やしき》を買い、奴隷だって買える金額だ。それを一月で稼げるのだから、残りの日数も真面目に働くつもりだと。

だから――。

「――君は、君の好きなことをすればいい」

メイドをする必要はないし、ずっとコノエに張り付いている必要はない。テルネリカにもしたいことがあるはずで、そちらを優先すればいいと。

そういう感じのことをテルネリカに伝える。

すると、テルネリカは不思議そうに首を傾《かし》げ、数秒沈黙した後。

「……はい！　私は、私の好きなことをします！」

テルネリカは笑って、そう言った。

コノエはそんな少女に安心する。

……よかった。これでもう大丈夫だと思って――。

◆

――その後から、夜寝るまで。

テルネリカは変わらずコノエの傍《そば》にいた。

（……なぜだ……？）

◆

コノエには分からない。

確かに伝えた。テルネリカはそれに頷《うなず》いた。なのに、なぜ彼女はメイド服を着て世話を続けるのか。

分からなくて、翌日の朝テルネリカに問いかける。

好きなことをしていいと言ったはずだが、と。

「もう私は好きなことをしていますよ？」

「……なに？」

分からない。どうして好きなことをした結果がこれになるのか。コノエの世話をどうやったら好きになるというのか。理解できない。

でも、困惑するコノエに、テルネリカは微笑《ほほえ》みかける。

「コノエ様、私は好きでここに居ます。……ただ、もちろんそれが迷惑だとコノエ様が仰《おつしや》るのでしたら、離れたところへ控えさせていただきますが」

「……え？」

「コノエ様。私は迷惑でしょうか……？」

　ふと、テルネリカがしょんぼりと寂しそうな顔をする。悲しそうに目を伏せる。ずっと笑顔だったテルネリカの初めて見る表情。

　……だからコノエは自分がなんだかとても酷《ひど》いことをしたような気になる。

「……いや、その」

「お邪魔でしたか……？」

　罪悪感に襲われる。コノエにとって初めて味わうタイプの罪悪感だった。

　だからコノエは、咄嗟《とっさ》に。

「――い、いや、そんなことはない」

「……っ‼　そうですか！　ありがとうございます！」

　つい、そう言ってしまう。

　すると悲しい顔をしていた少女が、花のような笑みを浮かべて。

「……あ、いや……」

「――では、今日もお世話させていただきますね！」

　コノエは間違えたと思って、しかし、もう遅かった。

　嬉《うれ》しそうに笑うテルネリカに、やっぱり違うとは言えなかった。

　……そもそも、なんでそんなに嬉《うれ》しそうなのか。コノエには全く理解できない。

「……」

その晩、コノエは理解できないまま悩み続けた。

5

――その日も風の竜は、街を見ていた。
洞窟の前で伏せて、伏せ続けて。街を見て、中心にある城を観察していた。
人の動きと、再建されつつある建造物《けつかいとう》。
忌《い》ま忌《い》ましい結界の気配に――あの男の魔力と威圧。
『……』
竜は城の門に視線を向ける。そこには城から出てきたあの男がいる。
今まで見てきた人《エサ》とは違う、白き神の使徒。黒き神《じゃしん》の大敵。そして何より。
『――GUUUU』
……竜は感情を呑《の》みこんで男を見続ける。
男の一挙手一投足を観察していく。加えて、その周囲にも目を向けて。
『……?』
そこで、竜は一つ気付く。男の傍《そば》にいるエルフ《きんいろ》、何度か見たなと。
竜はあれは何なのだろうと不思議に思う。男の近くにずっといる女。

……もしかして男の番《つがい》か何かなのだろうかと――。

――そのとき。

『――――!!』

竜は咄嗟《とっさ》に地に伏せ――直後、白き奔流が竜の真上の空間を抉《えぐ》る。

純白の槍《やり》。巨人を消し飛ばした十字の輝き。それが街から山までの数十キロの距離を僅かな間に飛翔して竜の下《もと》へ飛んでくる。

『……GI』

――轟音《ごうおん》。

槍《やり》が竜の背後の洞窟を消し飛ばす。山が抉《えぐ》れる。

地形が変わり、木々が倒れる。土砂が崩れ出し、竜の上に降ってくる。

……しかし、竜は微動だにしない。ただ全力で息を殺し続ける。

『――』

ただただ、見つからないように。

低い位置にあった日が昇り、また地平に沈むまで。

……竜はその場で身動き一つしなかった。

◆◇◆◇◆◇◆◇◆◇◆◇◆

テルネリカに好きでここにいるとか言われて数日が経《た》った。

その間、コノエはずっと悩んでいた。

ずっと近くにいるこの少女は一体何なのだろうと。訳が分からないと。

夜眠れないくらいには悩んだ。でも答えは出なかった。悩みすぎて、気分が晴れなくて。それでも用があったのでコノエは久しぶりに城から出て——。

「——」

——嫌な予感がしたのは、そんなときだった。

コノエは槍《やり》を顕現し、投げる。勘で投げた槍《やり》は空を割り、街から遠く離れた山の頂上付近に着弾する。

……二本目の槍《やり》を手の中に作り出しつつ、着弾後もその辺りを注視して。

「……………………」

「……コノエ様？　どうされたのでしょうか？」

「……いや」

しばらく観察して、しかし動くものはない。なので、テルネリカの言葉を切っ掛けに警戒態勢を解く。

殺した気配はなかった。嫌な予感は気のせいだったのだろうか。

現地に確認しに行きたいが……山まで移動するとなれば、それなりの間、街が無防備になる。先日逃げた風の竜もいるし、軽率なことはするべきではないだろう、とコノエは思った。

軽く息を吐き、視線を地上に戻して。

「……？」

うん？　と思う。

テルネリカがじっとコノエの手を見ている。いや、もっと正確に言えば、手の中の槍《やり》を見ていた。

「……なんだ？」

「あの、コノエ様の槍《やり》、真っ白でとても綺麗《きれい》ですね」

テルネリカが胸の前で手を合わせて言う。

目を輝かせていて、頬を少し染めてもいて。

「……そうか？」

「ええ、とても！　生命の神様の色ですよね。かつて都で見たあの方のお姿を思い出します！」

曇りのない白、とても素敵です！　と、テルネリカは続ける。

その表情に陰《かげり》はなく、綺麗《きれい》なものを見た、と純粋に言っているような感じだった。

「……」

「……？　コノエ様？」

「……いや」

そんなテルネリカに──コノエは、何とも言えない気持ちになる。

まあ、一般的に知られていることではない。テルネリカはきっと知らないのだろう。

──アデプトの武装が白い意味。

アデプトそれぞれの性質によって色や形、能力を変える聖なる武器が、白のままだということが何を表しているのかを。

アデプトと、神威《しんい》武装、そして固有魔法《オリジン》について。

「……」

コノエは、笑顔のテルネリカから視線を逸《そ》らし、目的地へと一歩足を踏み出す。

今日の目的地は街、ひいてはその中の結界塔だった。

◆

──ここしばらく、コノエは街には出なかった。

ただ城の中で死病の治療をして、街周辺の警戒だけをしていた。それはなぜかと言えば、やさぐれていたからだ。

崩壊した街並み。枯れ果てた畑。ボロボロの服を着て瓦礫《がれき》を運ぶ様子。

命は助かったが、命以外の全てを失ってしまったような人々。

街に下りて彼らを見てから、数日経《すうじつた》った。たった数日だが絶望するには十分な時間だ。

城の物見塔から見る光景だと、結界塔の修復だけはそこそこ進んでいるように見えたが、街の修復はまだまだこれからだった。終わりの見えない復興に、みな疲れているだろう。きっと雰囲気は悪くなっているだろう。治安が悪くなっている可能性もある。

だから、コノエは彼らからあえて意識を逸《そ》らし、見ないことにした。正義感ある者なら力を貸そうと積極的に関わったかもしれないが、コノエは真面目なだけだ。己《アデプト》の仕事以外はしない。そういう人間だった。

「……」

しかし、そんなコノエがそれでも今日街に出てきたのは、もう契約期間が三分の二終わったからだった。残り十日。結界塔だけはきっちり直してもらわないと、安心して都に帰れない。

コノエも結界もなければ、仮に例の風竜にまた襲われたら街は簡単に滅んでしまうだろう。それを防ぐためにも、一度街へ下りて経過を見ようと思った。

「…………」

コノエは城の正門を潜る。きっと荒《すさ》んでいるだろう街を想像しながら。

かつての自分を思い出すような気がして嫌な気分になる。だから用が済んだらさっさと城に戻ろうと決めていた。

重い足取りで城門を潜り、長い階段を下っていく。

その段を一歩ずつ下りていく毎《ごと》に、街の様子が見えてくる。コノエが魔物の探知を除いてあえて意識を逸《そ》らしていた場所は、今——。

「——ぁ？」

——コノエは小さく呟《つぶや》く。そして立ち止まる。

混乱する。だって、そこには。

「……………なに？」

——そこには、笑顔があった。多くの人の、活気ある声があった。

資材を引いて走り回る男がいた。炊き出しを作って、人々に声をかける女がいた。

老人が枯草を編んで縄を作っていた。それを子供が真似《まね》て手伝いをしていた。

……暗い雰囲気は無かった。瓦礫《がれき》の山の中で、しかし人の目は輝いていた。

諦めず、前を向いていた。顔を上げて歩いていた。

「……」

コノエは、そんな人々の姿に何度か瞬《まばた》きをする。

数日前と同じ――いや、より一層活気にあふれ、笑顔で前に歩んでいく人の姿。

コノエは、なぜ？　と思う。

きっとみんな心が折れていると思ったのに。

死にかけて、苦しんで。諦めてしまっているだろうと思ったのに。

「コノエ様？」

「……」

テルネリカの声に、コノエは反応できない。

しばらく立ち止まった後、ようやく足を前に出した。

視線の先に結界塔があって、そちらへ向かって歩きだす。ほんの数百メートルの距離を、一歩一歩進んでいく。

――瓦礫《がれき》の上に、砂埃《すなぼこり》にまみれる男たちがいた。

その男たちは一つ一つ瓦礫《がれき》を運んでいた。石造りの家の瓦礫《がれき》は硬く、重量があって、顔を赤くしながらようやく一つ運んでも残りは文字通り山積みだった。……しかし、陽気に歌を歌いながら仕事をしていた。

――井戸の近くで、料理をする女たちがいた。

城から運ばれた大量の食材を調理し、炊き出しを作っていた。膨大な量の野菜の皮をむき、何度も井戸と大きな鍋を往復して水を運んでいた。……しかし、笑顔で列に並ぶ人を迎え、送り出していた。

――人々の隙間を、縫うように走る子供たちがいた。

伝言を頼まれたり、軽い物を運ぶ子供たちだ。走る姿は幼くて、息は切れている。……しかし、荷を両腕に抱えて、自分に出来ることを精一杯頑張ろうとしていた。

――布を張った簡易テントの下に、老人たちの姿があった。

座ったままでも出来る小物作りや、働けない幼い子たちの世話をしていた。体が軋《きし》んでいるのか、動きは鈍い。……しかし、穏やかな笑みを浮かべて、一つ一つやるべきことを熟《こな》していた。

「…………………」

……そして、そんな姿を見ているうちにコノエは結界塔に辿《たど》り着《つ》く。

結界塔ではそれまでとは違って、魔法を使った再建作業が進められていた。

土魔法で石を切り出す者、念動魔法で石を持ち上げる者。ゴーレムを使って崩れた部分を慎重に取り除く者。浮遊魔法で宙に浮き、積み直された壁面に魔法陣を刻んでいく者。

結界塔の復旧が急務のため、魔法を使えるものはこちらに集まっているのだろう。その甲斐《かい》もあって順調に再建が進んでいるのが見て取れた。

「……」

コノエはこの数百メートルを振り返る。

そこには活気のある人々の姿があって、何度見直しても変わらない。

子供たちは明るい笑みを浮かべていて、手伝いをし、おやつを貰《もら》って食べたりしている。

老人たちは手を差し伸べられ、尊重され、時には意見を聞かれている。

見ていればわかる。数日前より、荒《すさ》むどころか雰囲気が明らかに良くなっている。

——弱者が、笑っている。

「……なぜ」

意外だった。こうはならないと思っていた。

こんな過酷な状況で、弱者が虐《しいた》げられないはずがないと思っていた。だってコノエは虐《しいた》げられた人間だ。いらないものだった。弱者として踏みつけにされながら育ってきた。

幼い日、親に捨てられたコノエはどこに行っても邪魔者だった。手を差し伸べてくれる人なんていなかった。親戚も、教師も嫌なものを見る目で見た。だからコノエは耐えて、耐えて、気が付いたら今のような人間になっていた。

「……なぜ」

人間ってこういう生き物だっただろうか。

不思議に思う。だって、皆辛《つら》かったはずだ。死病になった。全身が腐ったりもした。アデプトの治癒魔法には精神を癒《いや》す作用もあるが、心が折れてもおかしくなかった。自暴自棄になってもおかしくなかった。

辛《つら》かったのに、苦しかったはずなのに。

それなのに、なぜか皆笑っている。男も、女も。子供も、老人も。

「……なぜ」

コノエにとっては信じられない光景。

嘘《うそ》なんじゃないかと疑いたくなる……いいや、実際に疑う。目の前の光景は全部表面だけで裏で子供たちは奪われ、痛めつけられているのではないかと思う。

「…………………」

「……あっ、痛っ！」

そんなときだった。ちょうど、と言っては悪いが、すぐ近くで子供が転んだ。

まだ幼い少年。おそらく十歳に満たないくらい。あまり綺麗《きれい》ではない服。細い体。そんな子が勢いよく転んで、手や膝を強く擦りむいてしまう。

少年は倒れたまま痛みに呻《うめ》いている。僅かに上げられた顔には涙が浮かんでいる。

コノエは、その子に近づく。確認させてもらおうと思った。

「……」

「……うぅ、痛い………ぅ、え？」

コノエが傍《そば》に膝を突くと、少年はコノエの姿を見て目をパチパチとさせる。瞬《まばた》きで押し出された涙が頬を伝っていた。

「……アデプト様？」

少年がぽかんと口を開けて呟《つぶや》く。コノエはそんな子の頭に手をかざした。

「……？」

少年はコノエの手を不思議そうに見ている。自らの上にある手をじっと見つめていて……でも、それだけだった。

コノエはその姿に――体から少し力が抜ける。そして頭に手を置き、軽く治癒魔法をかける。

少年の体が一瞬光って、膝と手の傷が綺麗《きれい》に治った。

「あっ……アデプト様！　ありがとうございます！」

少年がコノエを見る。キラキラとした目だった。

凄《すご》いものを見るような、憧れるような、そんな目だった。

「……」

コノエは立ち上がり、また歩き出す。

先ほどの治癒の感覚を思い出す。少年の体には、手と膝以外の傷はなかった。服の下に殴られた傷もなければ、傷跡もなかった。痩せてはいるが、栄養状態もそこまで悪くない。

つまり、邪推は否定されたということだ。陰で痛めつけられた子供は、見捨てられた子供はいなかった。

……まあ、とは言っても、もちろん一人がそうではなかっただけだ。

他の子供たちは違うかもしれないし、陰には傷ついた子がいるのかもしれない。いやその可能性も高いと、疑《うたぐ》り深《ぶか》いコノエは思って。

「……」

……でも。それでも。それなのに。

コノエはなんだか、不思議だけれど。

……かつての幼い自分が、少しだけ、どういう訳か、笑えた気がしたんだ。

◆◇◆◇◆◇◆◇◆◇◆◇◆

「……?」

——そして、そんなコノエの後ろで。

テルネリカは一人、瞬《まばた》きをしていた。首を傾《かし》げ、不思議そうにコノエを見ていた。

少し背を丸めて歩く後ろ姿を、ただ見ていた。

思い出していた。これまでのコノエの姿を。

テルネリカは二十日間ずっとコノエの傍《そば》にいた。ずっと見ていた。だから、コノエの言葉を、表情を、仕草を脳裏に浮かべて。

「…………」

テルネリカは、悲しそうに目を伏せる。唇を嚙《か》んで、小さく頷《うなず》いた。

6

その日も、コノエは夢を見る。夢の中で今の自分と向かい合う。

——コノエにとって、世界は残酷だった。

ずっと、一人だった。気が付いたら周りには敵しかいなかった。

信じられる人などいなかった。だから、信じることを忘れた。

目の前の人から目を逸《そ》らし、ルールと約束だけを見て生きてきた。そんな己を、コノエは真面目と定義した。

人を拒絶して生きてきた。誰のことも見ていなかった。それがコノエだった。

……でも、そういう人間のくせに、コノエは誰かに傍《そば》にいて欲しかった。

一人は寂しかった。だから、二十五年前のあの日、薬に頼ることにした。人は信じられなくても、薬なら信じられた。

金を稼いで、奴隷を買って、惚《ほ》れ薬を飲ませる。そうすればもう一人じゃない。きっと、寂しくなくなる。

アデプト候補生として訓練する間、コノエの中にあったのはそれだけだった。

寂しさを満たしたいという想《おも》いだけがあった。

家を買って、そこで誰かと暮らす。そんなあやふやな願望。

そこには、こんな女性が好きだという欲はなかった。女性とアレやコレをしたいという欲もなかった。

コノエはただ、誰かに好かれるという結果だけを見ていた。

中身のない願いだけがそこにあった。目標がきっとズレていた。

……そして、だからだろう。

コノエがそんな人間だったから、コノエの槍《やり》は真っ白のままだった。

アデプトの武器。神から与えられた神威《しんい》武装。

その色と形は、アデプトそれぞれの性質によって変わる。それなのに、コノエの武器は形こそ十字槍《やり》になったものの、色はいつまでも変わらなかった。

神様から授けられたときの色。純白。虚《うつ》ろの槍《やり》。

コノエには確固たる己がなかった。欲がなかった。愛がなかった。

……故に、本当は、コノエはアデプトとしても欠陥品だった。

コノエは、固有魔法《オリジン》が使えなかった。

この世界には、固有魔法《オリジン》と呼ばれる力がある。

魔力——意志によって現象を起こす力があるこの世界では、人であれ魔物であれ、その意志には力が宿る。そして、時に、何よりも強固な意志は世界そのものも侵食する。改変し、支配する。

――固有魔法《オリジン》とは、世界を変える力だ。

何者にも侵されぬ自我によって世界を改竄《かいざん》する力。現実を侵し、たとえ術師が死んだとしても世界に傷を残し続ける力。

もちろん、誰もが使える力ではない。千人に一人、万人に一人の確率で覚醒するような特別な力だ。そこに種族は関係なく、年齢も、技術も関係ない。ただ、なによりも強靭《きょうじん》な自我だけがそれを可能にする。

全ては素質と境遇こそが許してくれる力。望んで修得するような力ではない。決して努力で手に入れられるような力でもなくて。

――しかし、アデプトなら、当然のように持っている力だった。

だって、そのくらいに強固な自我がなければ、欲がなければ、愛がなければ、アデプトの鍛錬は耐えられない。たとえ指先から付け根まで鑢《やすり》で摩《す》り下ろされたとしても、知ったことかと堂々と己を叫べる者しかアデプトにはなれない。

でも、コノエにそんなものはなかった。

あったのは、穴だけだ。苦しくて、埋めたくて、本人すら知らない何かが欲しくて必死に足《あ》搔《が》いて来た。

そして、コノエがアデプトになるまで二十五年必要だった一因もそこにあった。

固有魔法《オリジン》を持たないコノエは、それを埋めるだけの基礎を積み上げるしかなかった。誰よりも多く槍《やり》を振って、誰よりも多く血を吐くしかなかった。

……コノエは、学舎の中で異質な存在だった。

周囲の候補生はコノエを理解できなかった。コノエも、周囲を理解できなかった。

だからコノエは、誰とも分かり合えぬままにずっと生きてきた。

ただ一つだけ信じられると決めた物《くすり》を求めて、ずっと足掻《あが》いてきて——。

◆◇◆◇◆◇◆◇◆◇◆◇◆◇

——コノエは、目を覚ます。

瞼《まぶた》を開けると、そこは学舎ではなく、シルメニアの城の一室だった。まだ弱い日の光が目の奥に入ってきて、反射で目を細める。

「……」

体を起こし、窓へ向く。ちょうど日が顔を出したところだった。

まだ夜の色が残っている頃合いの空。

コノエはベッドから抜け出し、なんとなく窓に近づく。

「……」

窓際《まどぎわ》に立ち、街を見る。そこは昨日まで目を逸《そ》らしていた場所だ。

コノエが悪意を想像していた場所。

……コノエは、そんな街に少しだけ意識を向ける。

すると、人々の動く気配が伝わってくる。朝早くから起きて、街の復興のために活動を始めている気配が伝わってくる。

朝食を机に並べる気配。それを囲み、笑い合う気配。

食べ終わり、外へ駆け出していく気配。手を振って見送る気配。大きい気配に、小さい気配。

皆が皆、必死に生きているような気配。

そこには、昨日見たものと同じような気配がある。

コノエは、ぼう、と人々をしばらく眺めて。

「……」

……嘘《うそ》じゃなかったんだなと、少し、そう思った。

◆

「コノエ様、どうぞ、お茶です」

「……ああ」

昼過ぎ、一通りコノエの仕事が終わった頃。

コノエは今日もテルネリカの用意した茶に口をつける。そして献上品の菓子を摘まむ。

「……」

甘いな、なんて思いながら、コノエは菓子を食べる。

いつもより少し甘味が強い気がする。もしかして作り方でも変えたんだろうかなんて思いながら、向かいに座るテルネリカを見て。

「……」

……しかし、それにしても。

結局、テルネリカのことは良く分からないままだな、と思った。

昨日は街で色々と思うところがあって流していたけれど、ここ数日、コノエはテルネリカについて悩んでいた。

自由にして良いと言ったはずだった。したいことをすればいいと。

許可を出して、なのにテルネリカはメイドをしている。その理由をコノエは理解できない。

だからずっと疑問は消えなかった。

「……」

「……？　コノエ様？」

「……いや」

今もそうだ。傍《そば》にいて、コノエに笑いかける。

テルネリカは朝から晩まで笑っている。そして語りかけてくる。楽しそうに、嬉《うれ》しそうに、穏やかに微笑《ほほえ》んでいる。

コノエには、テルネリカがどうして自分にそんな顔を向けるのか分からない。愛想笑《あいそわら》いにしても、ここまでずっと笑っている必要はないだろうにと思う。もし本当に笑っているとすればそれこそ理解できない。

「……君は、いつも笑顔だな」

「？　そうですか？」

「ああ、そうだ。……僕といても楽しいことなんて何もないだろうに」

不思議で、分からなくて、だから、コノエはつい本音が漏れる。

それはいつもなら決して口にしなかった言葉だ。

ネガティブな言葉を吐いて良いことなんて何もない。引かれて、疎《うと》まれて、拒絶される。そういうものだ。少なくともコノエはそう思っている。

後悔も自己嫌悪《けんお》も、マイナスは己の中だけで。

コノエはそう信じていて、なのに、今回つい口から出てしまったのは。

……これまでの日々でテルネリカに慣れ過ぎたのか、それとも昨日街で衝撃を受けたからか。

「……む」

とにかくコノエの口は滑った。しまった、と思う。

誤魔化すようにお茶のカップを口元へ運ぶ。

テルネリカは目を見開いてそんなコノエを見る。そして目をパチパチと瞬《また》いて。

「──いいえ、楽しいですよ？」

数秒の沈黙の後。しかし、テルネリカからの言葉はそれだった。

「……なに？」

「コノエ様と一緒に居るの、楽しいです」

今度はコノエが瞬《まばた》きをする。何を言っているんだ？　と思う。

でもテルネリカはコノエに、ただただ、微笑《ほほえ》みかけていた。

「……」

コノエは手にお茶のカップを持ったまま、しばし固まる。

楽しい？　こんなまともに雑談もできないような男と一緒に居て？

「……僕は、ほとんど口を開かないだろう」

続けて滑らせた言葉だった。ネガティブで、みっともない言葉。あとで後悔すると分かっているのに、言葉を止められなかった。

でも、テルネリカはそんな無様なコノエに、首を小さく傾《かし》げる。

彼女は少し困った顔をしていて、眉が下がっていて……でも、どこまでも、優しい顔をしていた。

そして、ゆっくりと口を開き――。

「――言葉がなければ、いけませんか？」

――そう、言った。

「……………………なに？」

言葉がなければ、いけませんか、って。

……なんだそれ。どういう。

コノエは、今度こそ完全に固まる。

ぽかんと口を開けて、それにテルネリカがにっこりと笑う。

「私、本当に楽しいと思ってますよ？」

「……………そう、か」

なんとか、そう呟《つぶや》く。

理解できなくて、混乱していて。誤魔化すように何度もお茶に口をつける。でも味なんか分からないくらい混乱していた。

……だって、そんなのはコノエの人生にはなかった。

転生程度で
胸の穴は
埋まらない

第四章　シルメニアの街

THE HOLE IN MY HEART CANNOT BE FILLED WITH REINCARNATION

1

——言葉がなければ、いけませんか?

テルネリカの言葉を、コノエは思い出す。何度も何度も思い返す。

微笑《ほほえ》んでいた少女。彼女は言葉がなくても楽しいと言っていた。

それにコノエは……。

(……いや、そんな訳はないだろう)

そう思う。言葉は大切だ。言葉があればこそ、人は人と交流が出来る。理解し合える。

そういうものだろう。そうじゃないんだろうか。

まともに口を開かないコノエには言葉の重要性を断言することは出来ない。けれど、しかしそんな価値観の中で生きてきた。学校でも言いたいことはちゃんと口に出せと習った気がするし。この世界でも同じじゃないかと思う。

……なので、コノエにはテルネリカの言葉が理解出来ない。

嘘《うそ》を言っている……というか適当なことを言っているのではないかと思う。なんとなくでそれっぽいことを言う人間はいるものだし、と思って——。

「——」

——ああ、でも。これまでに見てきたテルネリカは。

——あの日、血を吐きながら叫んだ少女は。

「……」

……コノエには、分からない。分からなかった。

◆

——シルメニアの街に来て、二十三日が過ぎた。

街への駐在も、期限まであと七日になる。

この頃、コノエの深まる悩みとは裏腹に、仕事の量自体は減っていた。

街の瘴気《しょうき》濃度が薄れてきたからだ。窓から見える空は瘴気《しょうき》の色が薄れ、青色が戻ってきている。死病の患者もここ数日で大きく減り、昨日、一昨日は朝の時点で一人だけ。

そして今日は。

「——アデプト様、本日の死病患者はおりません」

「……そうか」

コノエにそう伝えた騎士の表情は真剣で、立ち姿も落ち着いていて——でも言葉は少し弾んでいた。

嬉《うれ》しいのだろう。それはそうだ。ダンジョンの氾濫が始まってから、今日で三十八日目。コノエがこの街に来る前から続いていた戦いに一区切りが付いたのだから。

終わりが見えてきて、もうすぐそこまで来ている。

あとは結界塔が再建されれば、氾濫は終わったと言ってもいい。

まあ、もちろんその後には長い長い復興が待っているのだろうけれど……。

(……しかし、これで僕も仕事がなくなったな)

ともあれ、コノエの仕事も同じように一段落した。

あとは結界が戻るまで魔物の対応をしていればいい。

方法としては、槍《やり》を持って街の境を歩くか、見晴らしのいいところから気配察知して討伐するかだ。

さてどちらにしようかと考えて。

(……今日は、物見塔に上るか)

なんとなく、そう決める。少し、街の様子を見たい気分だった。

◆

シルメニアの城の城壁には、各所に見張り用の背の高い塔がいくつか建てられていた。

そこは少し前までは常に兵が常駐し、城に迫る賊や街中の異変を察知していた場所だが、今は魔物の襲撃で大半が破壊されてしまっている。

しかし、一つだけ奇跡的に無傷で残った塔があり、その上からは街の周辺の森まで見通せるので、最近のコノエはそこを起点に活動していた。

「……」

コノエは塔の端に立ち、そして街を見る。

今日も活気に溢《あふ》れる人々がそこにいた。気合の入った掛け声に、走り回る子供の姿。結界塔の修復もかなり進んできて、終わりも見えてきている。

なんとなく、コノエは彼らに少しの間視線を向けて――。

――少し目を細め、森に向けて気配察知を広げる。

街の崩れた外壁から少し離れた森の中。そこは肉眼では何もいないように見えて――しかし、多くの魔物の気配が蠢《うごめ》いていた。おそらく、近づくものを襲おうとしているのだろう。それとも騎士の巡回を恐れて潜んでいるのか。

「……」

そんな魔物達を捕捉しながら、手の中に魔道具でナイフを作り出す。

この魔道具はコノエが以前から使っているもので、普段の戦闘でも便利使いしている逸品だった。小型ナイフを魔力が続く限り作ってくれる魔道具。

これで作るナイフは強度が低く、しばらくしたら消えてしまう。なので、正面から打ち合うには心もとない。けれど、特定の状況ではとても便利に役立ってくれる。

つまり——。

「——」

——コノエが森に向かって腕を振るう。

その指には四本のナイフが挟み込まれていて、それが同時に放たれる。

ナイフは一呼吸の間に街を越え、外壁の向こうへと到達し——。

『——!!??』

森の表層、察知していた気配がいくつか消える。同時に木々がガサガサと騒がしく揺れて、気配が奥へ奥へと動き始める。

コノエはそんな魔物の背中に、生み出したナイフを片端から打ち込んでいく。

そこに慈悲はない。逃げる相手は追わなくてもいいなどという言葉は、猛獣を含めた動物に向けることはあっても魔物に向けるものではない。

——魔物は、人類にとって不倶戴天《ふぐたいてん》の敵である。

魔物、邪神の生み出した尖兵《せんぺい》、人類を喰《く》らうもの。

魔物達は邪神により、最初から人類の敵として生まれてくる。

それは邪神が人類を憎悪《ぞうお》し、殺意を抱いているからだ。

そして、殺人を為《な》した魔物に報酬を与えるから。

魔物は、人を殺せば殺すほど強くなる。人を食えば食うほど賢くなる。人に憎悪《ぞうお》や悪意を持てば持つほど強い加護を得る。

生まれた時の種族による差はあるとはいえ、それらが魔物の原則だった。

……故にこそ、人類と魔物の相互理解は不可能だ。

理解し合うには交流が必要で、交流するためには知能がいる。しかし、魔物が知能を手に入れるためには数多《あまた》の人類を食わなければならないのだから、どうしようもない。

決して分かり合えない……いいや、分かり合ってはいけない。

この世界の魔物とは、そういう生き物だった。

「……」

だからこそコノエに躊躇《ためら》いはなく、無言のままに手に次のナイフを生み出していく。

……そして、逃げ惑う気配にナイフを打ち込んでいった。

◆

しばらく経《た》った頃。街の境を一周してコノエは手を止める。

全てを殺せたわけではないが、逃げたのも含めて街の周囲から魔物はいなくなった。あとはこのまま警戒して、また近づいてくる場合は対応すればいい。

「……」

なので、コノエは軽く息を吐き、振り返る。

するとそこには小さな横長の椅子が一つだけ置かれていて、その上に少女が座っていた。武器なども置かれた物々しい塔。そこに場違いなメイド姿の少女がいる。

……テルネリカは、今日もコノエの傍《そば》にいる。

「コノエ様、ご休憩ですか?」

「……ああ」

そうですか、ではお茶を淹れますねと、テルネリカが笑う。バスケットの中からポットを、カップを手に取って――。

――そんなテルネリカの横には、人一人分のスペースが空いていた。

「……」

知っている。テルネリカはコノエのためにその空間を空けている。それは昨日も同じだったから分かっている。

……しかし。そこに座ると、テルネリカとの距離が近くなる。

「…………」

最初――数日前、この物見塔に初めて来たときは違った。テルネリカは魔物討伐の間も立って待っていたし、休憩時もコノエの横に立とうとしていた。

でも、少女が立っている横で一人だけ座るというのは居心地が悪くて。

だからテルネリカに座ってくれと言った。椅子の大きさも数も考えずに。その結果が今の状態だった。

「…………」

コノエは、テルネリカの横の狭いスペースに座るのを躊躇《ため》らう。

けれど、このまま立っていると彼女も立ち上がって、席を譲ろうとすることをコノエは知っていた。

……なので、不自然にならない程度に距離をとって座ることにする。拳一つ分の距離。

「コノエ様。お茶をどうぞ」

横に座ると、テルネリカがすぐにポットから注いだお茶を渡してくれる。

保温の魔道具に入ったお茶は温かかった。湯気を立てるそれをコノエはゆっくりと口に含む。

「……」

鼻孔にお茶のいい香りが広がって、息を吐く。

息は白く染まっていて……しかし横から吹き付けてくる風がすぐに吹き消した。

「……少し、風が強いですね。コノエ様、寒くないですか？」

「……ああ、まあ、少し」

ぽつり、とテルネリカが呟《つぶや》く。

言われてみると少し肌寒いなと思った。

まあ、それで何か問題があるかといえばないのだけれど。アデプトはあらゆる環境に適応出来るように訓練している。暑い寒いを感じることは出来ても、体感としては冬の雪山も今いる場所も大差はなかった。そういうものだ。

なので、コノエは特に気にすることもなく、またお茶を口に含んで——。

「コノエ様」

「……なん……!?」

——そのとき。ふと、テルネリカの体がこちらに向かって傾く。

コノエは驚き、咄嗟《とっさ》に避けようとして……でも、アデプトとしての察知能力が、避ければテルネリカが椅子に倒れ込んでしまうと伝えてきた。

だから、コノエは動けない。

テルネリカの体が近づいてくるのをただ見ていた。

「——」

とん、と腕に柔らかい感触が伝わってくる。

テルネリカの頭が、肩が、腕がコノエに触れている。さっきまであった距離がなくなっている。

コノエはやっぱり動けなくて、そうしているうちに、触れているところからじわりじわりと服越しに体温が伝わってくる。

「……テルネリカ、なにを」

「コノエ様、知っていますか？　風が強くても、寄り添っていれば温かいんですよ」

なんとか絞り出した問いかけに、テルネリカの穏やかな声が返ってくる。

囁《ささや》くような柔らかい声。知っているかって、そんなもの。

「知ら、ない」

「……そうですか。では、今日知ってください」

ふふふ、と、テルネリカの声が耳を擽《くすぐ》る。

コノエは混乱する。困る。

どうしてこんなことをするのかも分からない。分からないことだらけで、コノエは何もできない。ちらりと視線を向けると、少女はただ微笑《ほほえ》んでいて、淡く頰が染まっていた。

「……」

「……」

そうしているうちに、無言の時間は続いていく。

二人以外の誰もいない塔の上。風の音と、テルネリカの息遣いがあった。

そうだ、そこには悪意を疑ってしまうような言葉はなく、じんわりと伝わってくる柔らかい温度だけがあって。

「……」

――テルネリカは、ただただ温かかった。

2

シルメニアの街から数十キロ。

洞窟が崩れた後の山肌に、風の竜は未《いま》だ留《とど》まっていた。

『――』

気配を消し、地に伏せ、街を見続ける。

声を発することを止め、身動きを止める。そのうちに虫や小動物が体を這《は》い始めて、でも竜は動かなかった。

竜は察知していた。街に、結界が戻りつつある。忌《い》ま忌《い》ましい塔は元の姿をほぼ取り戻し、神の気配が強まってきていた。

……このままでは、竜は街に入れなくなってしまう。

街を襲うなら今しかない。それは竜だけでなく他の魔物も理解している事実だ。だから街の周辺の魔物は減らない。コノエがいくらナイフを森に打ち込んでもすぐに戻ってきてしまう。

結界のない人間の集落が、魔物にとっては己を強化するための千載一遇のチャンスが、そこにあるからだ。

『……』

……それでも、竜は動かず、街を監視し続けた。

◆◇◆◇◆◇◆◇◆◇◆◇◆

──翌日、朝。

その日も、コノエとテルネリカは物見塔に二人で登った。

コノエは魔物の討伐をして、テルネリカは後ろから見る。

真面目に、効率的に街を守るコノエと、見守るテルネリカ。

そして休憩時間には、風の強い中、二人でお茶を飲んで──。

「……」

「……」

今日も、椅子に並んで座っていて、少しだけ肩が触れ合っていた。

二人の間に、言葉はあまりなかった。時折、テルネリカが話しかけて、コノエが軽く返事をするだけだった。

その他にはただ、隣に座っていた。

僅かに触れた場所からは温度が伝わってきて、コノエは知らなかったそれにいつまで経《た》っても慣れなくて。

……でもどうしてか、逃げる気には、ならなくて。

「……」

「……」

だから、二人は日が高く昇るまでそうしていた。

◆

そして、昼になる頃。

ふと、コノエは転移門の起動を察知する。街に一組の客がやってきていた。

「……商人？」

「はい、都から」

いったい何が来たのかと思ったら、どうやら出向いて来た商人だったらしい。

しかし、それにしても。

「……薄くなったとはいえ、瘴気《しょうき》は残っているが？」

「そのリスクを負ってでも行動するのが、商人ですから。儲《もう》けられると思えばダンジョンの奥底にまで行く。そういう生き物です。……コノエ様もよろしければどうでしょう？」

……随分と逞《たくま》しいことだった。

命をも懸けるバイタリティにコノエは少し尊敬の念を抱きつつ——しかし、よろしければ、と言われれば、興味が全くない。

なので、別にいいかと無視しようとし……。

「——」

そこで気付く。珍しく、年相応に目を輝かせたテルネリカが、コノエを見ていた。

そして、これまでの日々でコノエは知っている。

この少女は決して、一人では買い物に行ったりはしないのだろう、と。

「……」

「………じゃあ、案内して欲しい」

「はい！」

コノエはテルネリカに案内されて城の前の広場へ移動する。

すると、すでに大きな簡易テントのようなものが建てられていて、中には商品が広げられていた。多くの人で賑《にぎ》わっているのが見える。

揉《も》み手《で》をする商人に、布地を真剣な顔で確認する年配の女性。大きな声で菓子の名を叫ぶ若い売り子に、その前に群がる子供たち。酒瓶片手に隣をちらちら見ている男性に、それを笑顔で切って捨てる女性。……皆楽しそうに買い物をしているようだ。

商品は飛ぶように売れていって、しかし次から次へと新しい品が棚に並んでいく。

大量の商品は、きっと空間魔法で拡張した倉庫で持ち込んでいるのだろう。転移門は一度の起動では短い間しか通り抜けることが出来ないので、大量の荷物を運ぶためには物体を圧縮する空間魔道具が必要だった。

……なお、こんな便利な魔道具《くうかんまほう》の数々があるのに、なぜ地球の機械技術を求めているのかというと、これらの魔道具全てが職人の手による一品モノだからだ。生産量が少なすぎるから。

「……」

しかし、随分と混み合っているな、とコノエは人々が集う商店に近づきながら思う。

中に交ざるのを躊躇《ためら》うくらいには、そこは賑《にぎ》わっていて。

「コノエ様、何か必要なものはございますか？　宜《よろ》しければ私が見繕ってきますが」

「……ん、ああ……じゃあ、なにか摘まめるものでも」

そんなとき、テルネリカが横から顔を出す。

気《き》を利かせてくれたのだろうかと思いつつ、コノエは財布からいくらか銀貨を渡す。そして走っていく少女を見送り……。

「――これはこれは、アデプト様、お会い出来て光栄でございます」

「……うん？」

声をかけられて、そちらを見る。

見ると、商人が揉《も》み手《で》しながら近づいてきていた。……なんとなく、そういえばこの仕草、異世界でも同じなんだな、と思う。

「なにかご必要な物がおありですかな？　アデプト様からのご依頼とありましては、このヨーニン、全力でご用意させていただきますが」

「……いや」

「そうでしたか。それは残念でございますが、また何かありましたら是非この私めにご相談いただけますと幸いにございます」

そして、私共は都に店舗を置かせていただいておりまして、その場所は——と続く。

コノエはそれをなんとなく聞きながら、妙に畏《かしこ》まった言い方をする商人だなと思った。それとも商人ならアデプト相手にこれくらいが普通なのだろうか、とも。コノエはまだアデプトになり立てなのでよく分かっていない。

……まあ、丁寧で悪い印象は持たないし別にいいとは思うが。

買い物をしているテルネリカも明るい表情で、足元を見てぼったくるようなことはしていないようだし。

「ああ、今回はお安くさせていただいております。この街とは聖花の取引で長い付き合いですからな」

「……そうか」

聞いてもいないのに、答えが返ってくる。

随分と察しがいいのか、コノエが分かりやすいのか。

「まあ、その分残念ではありますが。まさか、この街の聖花が枯れてしまうとは。しかも種まではとは、いやはや」

「……」

「他の街から種を仕入れれば、聖花の栽培自体はまたすぐに再開出来るとは思いますが、しかし、この街の聖花は少し特別でしたからな。商いをする身としても、無念に思います」

そう言って、商人は小さくため息を吐く。

コノエはそれに、へえ、この街の聖花って特別だったのか、と正しく他人事《ひとごと》のように思い。

——そんなとき、ふと、ぎり、という音がする。

ちらりと目を向けると、近くを歩いていた騎士が歯を食いしばっていた。そして商人を見て、次に悔しそうに遠くの枯れた畑を見る。

話を聞いていたのだろうか？

「……」

色々と大変なんだろうな、と思う。しかし、植物に関してコノエに出来ることは何もない。

なので、特に気にすることもなく商人に視線を戻す。

「――ところでアデプト様。実は私共、あなた様宛に荷物を預かっておりまして」

「……？」

……荷物？

◆

「……これは、家のカタログか？」

コノエは部屋に戻って受け取った荷物を開く。

送り主は学舎の教官で、紙袋の中には一冊のカタログとメモが入っていた。

メモには教官の字で『そろそろ暇になってくる頃じゃない？　以前君が言っていたものを送るね』と書かれている。そういえば、教官は屋敷《やしき》を買うの知っているよなと思った。なにせ、甘言でコノエを学舎に連れてきたのは教官だ。

……まあ、暇になるだろうという気遣いには感謝しとこう、なんて思いつつ。

「……」

パラパラとカタログをめくる。売りに出された屋敷《やしき》が並んでいて、小さい文字で色々書かれている。

そんな図面をコノエは見て、売り文句を読む。細かく書きこまれたカタログを回転させてみたり、顎に手を当てて考えたりもする。

そして、しばらく見た後。顔を上げて、カタログから天井へと視線を移して。

「……」

……正直、何も分からないな、と思った。どれもこれも全部同じにしか見えなかった。

コノエにこの世界の図面を読む能力は無いらしい。

そもそも図面に書かれている専門用語が分からない。これはどうしようもないな、と思って
――テルネリカが横から覗《のぞ》き込んできた。

「コノエ様、もしかして屋敷《やしき》を買われるのですか？」

「……ああ」

テルネリカに頷《うなず》きつつ、カタログを閉じる。

すると少女は、まあ、と胸の前で両手を合わせて。

「――素敵です！　どんな屋敷《やしき》にするのですか!?」

「……」

テルネリカが目を輝かせる。なんだかすごく楽しそうになった。

コノエはその姿に瞬《まばた》きし、少し考える。どんな屋敷《やしき》にするかと言えば。

「……まあ、便利な場所にある屋敷《やしき》が良《い》いな」

「そうですね！　他には？」

「……他は、特にないかな」

「……っ！　そんな！　せっかく屋敷《やしき》を買うのにそれはもったいないですよ！」

テルネリカがコノエの手からカタログを奪い取る。

そして、机の上にカタログを広げて、あれやこれやと言い出した。

例えばこの屋敷《やしき》はちょっとした温室がついているとか、この屋敷《やしき》には、特殊なオーブンがついているとか。

この屋敷《やしき》は部屋数が多いとか、冷暖房用の魔道具を完備しているとか、地下に研究室がついているとか、庭が広いとか、使い魔がいるとか。

コノエはそんなテルネリカの様子に少し面食らいつつ、しかし話をしてるうちに段々理解できてくる。ポツポツと自分の意見も出てきたりもした。

まあ、風呂《ふろ》は欲しいなと言って、絶対必要ですよね！　とテルネリカが言う。

使い魔ってどんな感じかと聞けば、掃除をしてくれます！　と言う。

あまり広い屋敷《やしき》は管理が大変そうだなと言って、使用人を雇えばいいのです！　稼いだお金を使い、経済を回すのも上に立つ者の役目です！　と言われる。

そうやってテルネリカと二人で話し合って、そのうちに日も角度が少し傾いてくる。

時折魔物が近づいてくることもあったけれど、対応をしつつもコノエは時間を忘れて話し合い――。

◆

「――姫様、少しよろしいでしょうか」

そして、テルネリカを呼びにメイドが部屋を訪れたのはそんな時だった。

3

『話？　一体何でしょう？　……コノエ様、少し席を外させていただきます』

『……ああ』

と、メイドと部屋を出ていくテルネリカを見送った後。コノエは物見塔へ向かうことにした。

カタログを見ていても良かった気もするが、一度閉じたので、なんとなくそういう気分になれなかったのもある。

なんだか一人で歩くのは久しぶりだなと思いつつ、城を出て、城壁へと向かい……。

「アデプト様」

「……うん？」

途中、声を掛けられる。そこには見覚えがある男がいた。

それはこの街に来て最初のとき、魔物を掃討している途中、謁見の間の前で見た男だ。トロールを相手に、死にかけながらも一歩も引かなかった男。この街の騎士団長であり、コノエが来るまで街の防衛の指揮を執っていた男でもある。

「不躾《ぶしつけ》かと思いますが、少しお時間よろしいでしょうか」

「……ああ」

申し訳なさそうに頭を下げる騎士団長に、コノエは珍しいなと思いながら頷《うなず》く。

こうしてコノエに話しかけてくることも珍しいし、そもそも城まで来ることが珍しい。この街に来てから十数日。騎士団長を含む騎士団は、その全員が街の境界の哨戒《しょうかい》を交代で行っていた。

この街が結界を失っているのに今日まで魔物が街に侵入していないのは、コノエが討伐しているからというのが大きいが、それ以外にも騎士団が警戒しているからでもあった。知能が高い魔物は物見塔からナイフを投げていればすぐに逃げ出すが、知能の低い魔物は目の前で警戒している様子を見せないと、敵がそこにいるというのが分からないからだ。

なので、コノエとしても騎士団のおかげで仕事が楽になっており、日夜問わず活動している騎士団には感謝していたりもして。

「実は、我ら騎士団よりアデプト様に、折り入ってご相談があるのです」

「……相談？」

◆

「………………」

しばらく騎士団長の話を聞いた後。

コノエは物見塔の上でナイフを森に向かって投げていた。……いつもよりナイフを多めに、少し深いところまで。

「その、コノエ様、戻りました」

「……ああ」

そうしていると、塔の階段からテルネリカが顔を出す。

手にはいつものポットを持っていて、お茶の匂いもしている。……しかし、その表情はいつもとは違い少し陰があった。

コノエはテルネリカの様子に首を傾《かし》げながら、しかし真面目に仕事を続けて。

「——コノエ様……実は街の者から相談がありました」

少し時間が経《た》った後、テルネリカが意を決したように口を開く。

振り向くと、少女は椅子に座り膝の上で拳を握っていた。摑《つか》んでいるスカートには深い皺《しわ》が出来ている。

そんなテルネリカに、コノエは。

「……ああ、種のことだろう？」

「……え？」

先に、話を切り出す。驚くテルネリカに、コノエは先の一件を思い出していた。

「……騎士団長から聞いた」

それは、この街の産業、聖花に関する話だった。

◆

『種を探したいのです』

騎士団長の相談は、その言葉から始まった。

それは全てが枯れ果て、終わってしまったこの街の聖花を復活させるただ一つの希望の話だ。

——聖花という植物には、少し特殊な生態があるらしい。

聖花とは白く薄い花弁を咲かせる美しい花であり、しかし、デリケートで枯れやすい花でもあるという。気温の変化に弱く、水質にも敏感に反応し、強い日光が当たると弱り、虫や病気に簡単にやられてしまうと。

そんな聖花が、生き延びるために手に入れた生態。それが、極稀《まれ》に、千株に一つもない割合で、命が危機に瀕《ひん》したとき地下の根に新たな種を作り出すことらしい。

とても弱いけれど、外的な要因の少ない地中に命を残し、また次に咲く機会を待つ。聖花とはそういう花なのだと騎士団長は言った。

『咲いていた花も、保管していた種も瘴気《しょうき》によって腐り落ちてしまいました。しかし、地中にある種ならば、生き残っている可能性があるのです』

その種を探したいというのが、この街の皆で話し合った総意らしい。

もちろん、可能性は極めて低い。すでに畑を一部掘り起こしたが、一区画で数個しか見つからず、なんとか見つけた種も全て腐っていたようだ。

しかしそれでも、地上にあった種よりは傷みが少なかったと。そしてほんの少しでも可能性があるのなら諦められないのだと。

騎士団長は拳を固く握りしめながら、絞り出すように叫んだ。

もし一粒でも残っているならば一刻も早く見つけて保護したいし、今この時にも生き残った種が弱っていく可能性を考えると、落ち着いてはいられないと。

『……しかし、今は街の復興の途中でもあります。結界塔もまだ再建できていません。人手は全く足りておらず、畑に回せる人員は少ない』

そこで、どうにかできないかと考えた結果が。

『──騎士団員を、一部そちらに回したいのです。哨戒網《しょうかいもう》が薄くなってしまいますが……』

どうか、お願いします！　と騎士団長がコノエに懇願する。

コノエの負担が増えるかもしれないけれど、どうか許してほしいと頭を下げる。

『あの花は、我らにとって特別なのです！　我らはあの花と共に育ち、あの花と共に死ぬ。そういう生き方をしてきました！　──聖花を、散っていった部下達の墓前に供えてやりたいのです！』

そう、二十日ほど前、氾濫の中で数多くの部下を失った男が叫ぶ。

そしてコノエも理解する。この街にとって聖花は産業としての価値だけではなく、もっと重要な意味を持つことを。

……だから。

『もちろん、我らよりできうる限りのお礼はさせて頂きます！　なので──』

『──別に、必要ない』

コノエは、必死に頭を下げる騎士団長から目を逸《そ》らしつつ、その横を抜ける。

『……好きにすればいい』

『え？』

元より、魔物討伐はコノエの仕事だった。

それを果たすことに、騎士団員の数は関係ない。思うようにすればいい。コノエは騎士団長にそう言って――。

◆

「そう、ですか」

「……ああ」

――とまあ、そんな経緯があったと伝える。

するとテルネリカは自嘲するような笑みを浮かべて、俯《うつむ》いた。

そして小さく、私はそんな可能性、気付けませんでした、と呟《つぶや》く。

……そのまま、しばしの沈黙があって。

「街の皆に、私も頼まれました。捜索に加わって欲しいと。私は森の神の加護を授かっています。種を探すのにも役に立ちますので」

「……そうか」

なるほど、とコノエは思う。森の神の加護は、植物全般に効果があるはずだ。

そういうことなら確かにテルネリカも加わった方がいいと……。

「……うん？　森の神の加護？」

「え、はい、そうですが……」

「……境界の神では？」

「……っ！」

コノエは疑問に思う。それは、以前メイドから聞いたことと矛盾していたからだ。

シルメニアの領主は、特別な結界——封鎖結界を使う役目に就いてきたと。であれば、一族が授かっている加護は、森ではなく境界になるはずだった。迷宮の内と外、その境界を隔てるのが結界なのだから。

だから、不思議に思ってコノエはなんとなく問いかけた……のだけれど。

「……ぇ、ぁ……シルメニアの役目を……知っていたの、ですか？」

「……ああ、メイドに聞いた」

なぜだろう、テルネリカが愕然《がくぜん》とした顔をする。

目を大きく開いて、コノエを見ている。……でもすぐに目を泳がせて、下を向いた。

コノエはそんなテルネリカの反応に困惑する。

まずいことを聞いてしまったかと思い、しかし吐いた言葉は戻せない。

「それは、ですね。その……私は、嫡子ではないですし……いつか、家を出る身で……だから違う加護を……」

しどろもどろにテルネリカが呟《つぶや》く。言い訳をするように、おろおろと。

コノエはその様子を瞬《まばた》きしながら見て……でも、そんなことが数秒続いた後。ぴたり、とテルネリカの動きが止まった。

そして顔を上げ、真《ま》っ直《す》ぐにコノエを見る。

「いいえ、いいえ、申し訳ありません。今申し上げたことは全て嘘《うそ》です」

「……」

「私は、コノエ様に嘘《うそ》をつきたくありません。……しかし、真実を伝えることも出来ません。そのような恩も恥も知らない真似《まね》、出来るはずがないのですから」

「……なに？」

テルネリカは、どこまでも真摯な目でコノエを見ていた。

唇を噛《か》んでいて、しかし、けして逸《そ》らさなかった。

「だからどうか、許されるのであれば、聞かないでくださいませ」

「…………………わかった」

コノエは、そんなテルネリカに頷《うなず》く以外のことは出来なかった。

言葉の意味は、よく分からなかった。それでも、決意の籠った瞳でコノエを見据えるテルネリカを問い詰めることは出来なかった。

テルネリカは、首を縦に振るコノエに安堵《あんど》の表情を浮かべて。

「……」

「……」

そのまま、二人の間を微妙な沈黙が流れる。

そして少しの時間が経《た》った頃。

「この後より、私は種の捜索に入ります。……なので、コノエ様のお傍《そば》には」

「……そうか」

……ああそうか、とコノエは思う。

捜索に加わるということは、テルネリカがコノエから離れるということだ。

当然のことで、だからコノエはそれを何の問題もなく受け入れる。

というより、むしろ、さっきの会話の方が気になっていた。恩も恥も、とはどういうことだろうと。

「……では」

「……ああ」

テルネリカが立ち上がる。そのまま少女は塔の階段へと向かい。

「……コノエ様」

「……うん？」

去り際に一度だけテルネリカが振り返り、コノエの名前を呼ぶ。

「……いえ、なんでもありません」

「……」

しかし、テルネリカは何も言わず、階段を下りていく。

去り際の笑顔はいつもと違い、少し寂し気に見えて……コノエはまた何度か瞬《まばた》きをした。

4

（……でも、分からないな）

『――真実を伝えることも出来ません。そのような恩も恥も知らない真似《まね》、出来るはずがないのですから』

そんなテルネリカの言葉を思い出しながらコノエは悩む。

物見塔の端に立ち、森と街を見下ろしながら。

森にはナイフを投げ、街には疑問を込めた目を向けていた。

あのとき、コノエはテルネリカの加護について聞いただけだった。

それがなぜ恩も恥も知らないことになるのか。説明することすら許されないとはどういう状況なのか。

「……」

分からなくて、しかし、テルネリカから聞かないでと言われていた。

だから、コノエは物見塔の上から金髪の少女を先頭とした集団が枯れた畑に移動するのを、ただ見ていた。

◆

その後、すぐに種の捜索が始まった。

テルネリカはコノエの下《もと》を離れ、住民たちの先頭に立った。

そして、コノエは一人物見塔の上に残っていた。

先の件について少し悩みつつ、森にナイフを打ち込んでいた。時折、畑の周りに人が集まり土を掘り起こす姿を遠くから見たりもした。

テルネリカがいないのは久しぶりで、少し違和感を覚えたりもして。静かで、妙に風の音が強く聞こえた。……でも、まあこの十日くらいほぼ四六時中近くにいたし、突然いなくなったらそんなものかなと思った。

問題があるかと聞かれれば、それはない。ただ静かなだけだ。

当然だ。コノエは子供じゃない。途中にはテルネリカが用意していたお茶を勝手に一人で飲みつつ、いつもより少し多めに魔物を狩って。

「ただいま戻りました」

「……ああ」

——日が沈んだころ、テルネリカが帰ってくる。

その姿は所々土に汚れていて、表情はいつもの笑顔で——でも、動きに疲れが見て取れる。足が重そうで、少しではあるけれど、ふらついているのが分かった。

……無理もないか、と、そう思う。

遠くから見ていたけれど、種の捜索作業はほぼ全てが手作業だった。

魔法を使っておらず——土魔法どころか身体強化魔法もテルネリカを含む一部の者しか使っていなかった。あれには何の意味があるのだろうとコノエも不思議で。

「聖花の種はとても繊細ですから。ちょっとした魔力でも傷つく可能性があります。例外は森の神の加護を受けている者だけで……それ以外の者は、万全を期すならば魔法は使えません。魔道具もです」

「……なるほど」

問いかけると苦笑交じりにそんな答えが返ってくる。

この世界のありとあらゆる生物は植物を含めて固有の魔力を持っている。そして固有《それ》から離れた魔力は、時に触れるだけでも害に成り得る。そういうものだ。

なので、仕方がないことなんだろうなと思い。

——しかし、それはあまりに大変な話でもあった。

いや、ほぼ手作業で街中に広がる畑を掘り返すなど、流石《さすが》に現実的ではないのでは？

「それでも、やるしかありません。それしかないのですから。……あまり根を深く張る植物ではないのが唯一の救いですね」

テルネリカはそう言って笑う。そして、軽く咳払《せきばら》いをして姿勢を正し、『では、午後はコノエ様に何もできませんでしたが、何かご用命があれば』と続けた。

コノエはそんな彼女に首を振りつつ、部屋に戻ってゆっくり休んでくれと返し、軽く治癒魔法と浄化をかけ、彼女の部屋まで連れていく。

「……ふぅ」

軽く息を吐いた後、街の周囲を探知する。

問題ないことを確認して、さっさとベッドの中に入った。

……なんとなく、今日は静かだったなと、何度目かにそう思いながら。

◆

――そして、翌日。

畑では捜索が続いていた。その日は朝からテルネリカは畑に行っていた。

作業は前日と変わらずほぼ人力で、作業はなかなか進まない。しかし、それでも皆懸命に行動していた。

一つ掘り起こして、確認して。また一つ掘り起こして、確認して。

種を探して、ようやく見つけた種は死んでいて、でも諦めずに次へ行く。

可能性のありそうな場所を探して、街中を歩き回って、また掘る。

住民たちはそれを延々と続けていた。

掘り返しても掘り返しても出てくるのは腐った種だけで、生命の気配は全くなくて、聖花の種どころか雑草の種すら腐っていても。

「……」

コノエは、その様子を物見塔の上から見ていた。

金髪の少女を中心に一丸となって行動する姿を見ていた。

進みは遅くても、一つ一つ着実に。

諦めず、前に進み続ける姿を見ていた。

「……？」

そのうちに、コノエは気付く。

段々と畑の人の数が増えている。夕方ごろに確認すると、昼の倍は居る気がした。彼らはどこから出てきたのかと思って。

……そんなとき。街で作業していた男の叫び声が聞こえてくる。

大きな声で終わったと叫ぶ声。コノエは視線をその男に向ける。

今日の仕事は終わりだと、残りは明日だと叫ぶ男。男は最後にもう一度作業場を確認して、近くで働いていた別の男に声をかけて――。

――そして、畑へと走っていった。

家でもなく、休憩所でもなく、枯れた畑へと走っていく。捜索している集団に交じり、同じように作業を始めた。

そういう人間が何人も何人もいた。日が暮れるにつれて人が減るどころか、どんどん増えていって、作業が段々と速くなっていく。

最終的に、結界塔の修復を行っているもの以外はほぼ全員が畑へ向かって、皆で協力して捜索を行っていた。

「――」

――コノエは、そんな街の人々を遠くから見ていた。

静かな物見塔の上から、ただただ彼らを見ていた。

皆で一丸となる姿を、子供たちも交ざって笑い合っている姿を見ていた。

楽しそうにしている姿に目を細め、その中に交ざった金色に目を留めた。

風の音だけがする静かな物見塔の上で、コノエはただ真面目に己の仕事をこなしながら彼らを眺めて……。

「……」

……しばらくして、コノエは彼らから目を離す。

そして、そろそろ休憩でもしようと後ろを振り向く。

物見塔の真ん中には椅子があって、上にはテルネリカが用意したお茶と軽食が入ったバスケットが置かれていた。

コノエは少し軽い足取りで椅子へと向かい、バスケットから中身を取り出す。カップにお茶を注ぎ、中に入っていた卵サンドと共に口に運ぶ。

物見塔の上で一人食事しながら、街の賑《にぎ》やかな様子にまた目を細めて、一人の少女に視線を――。

「――？」

――でも、それは、そんな時間が少し続いたときだった。

ふと、コノエは横を見る。テルネリカが離れて一日くらい。

少し広い椅子の、隣を見る。

「……」

そこには誰もいない。空っぽだ。

当たり前だった。だって、テルネリカは街の皆と共に今も頑張っている。

だから、ここにいるわけがなかった。それだけの話だった。

「……？　…………？」

……あれ？　それだけの話なのに。どうしてだろうか。

何故《なぜ》か、なんとなく、コノエは思い出す。

つい昨日の朝のこと。テルネリカがいたとき、この椅子はもっと狭かった。彼女との距離がとても近くて、触れないように座るのが難しいくらいだった。

体温が伝わってくるような距離だった。あの娘はすぐ傍《そば》で微笑《ほほえ》んでいた。

「…………………………」

──よく分からないままに、コノエは畑の方を見る。

皆の真ん中に、テルネリカがいる。多くの人に囲まれて、頑張ったり笑ったりしている。周りはみんな楽しそうにしていて、テルネリカも楽しそうで。とても良《い》いことで。

……でも、物見塔は昨日の午後からずっと静かで、少し肌寒くて。

「…………………………？」

──分からない。コノエには何も分からない。

……けれど、コノエはそこで初めて、自分の中に知らない感情が浮かぶのを感じた。

5

「コノエ様、こちらが今日のお茶と軽食になります」

「……ああ」

翌日、朝早くからテルネリカは街へと出かけていく。

コノエに食事と飲み物が入ったバスケットを渡して、一度頭を下げた後、背中を向けて、彼女は部屋の外へと……。

「――」

……そんな少女にコノエは思わず声をかけそうになって。

しかし、口を噤《つぐ》む。知らず少し上げていた手を下げる。

「――？」

テルネリカに何を言おうとしたのか。自分でも分からなかった。怪我《けが》をしないようにと心配しようとしたのか、それとも応援しようとしたのか。

「……なんだ？」

理解できなくて、頭を掻《か》きながらコノエは小さくため息を吐く。

……こういうときは気分転換をしたいなと思って、何かないかと探した。

すると机の上に、一冊のカタログがあった。教官が送ってきた、屋敷《やしき》のカタログだ。

コノエにとって、この本は近いうちに作るハーレムの屋敷《やしき》を選ぶためのもので、二十五年もかけて努力してきた成果とも言える。

屋敷《やしき》を買って、奴隷を買って、惚《ほ》れ薬を飲ませる。その第一歩だった。

「……家を」

コノエはカタログを開く。そこには様々な屋敷《やしき》が記載されている。

広い屋敷《やしき》に便利な屋敷《やしき》、自由度の高い屋敷《やしき》。

見取り図と、売り文句。こんなところが魅力的だとか、ここにこだわって造られたとか。そういうことが書いてある。

異世界の基準で描かれた、専門用語の多い見取り図。それは地球出身のコノエには読み辛《づら》くて……でも、今のコノエが何とか読めるのは、あの日、ほんの数日前、テルネリカと二人でこのカタログを見て色々と教わったからで。

『──コノエ様は、どんな屋敷《やしき》が好きですか？』

「……」

コノエは、パラパラとカタログをめくる。

そこにある屋敷《やしき》を見て、ハーレムのことも考えて。

でもほんの数分でコノエはカタログを閉じる。全然楽しくない。見るのが億劫《おっくう》になってくる。

「……」

夢は、もうすぐそこなのに。努力が報われる日がついに来たというのに。

……コノエには、分からない。分からないまま、真面目に仕事をこなした。

◆

さらに翌日。

なんだかやる気が出ないなと思い、しかしサボるという発想はコノエにはない。その日も森に向かってナイフや槍《やり》を投げて、魔物を撃退し続ける。時折、畑に集まった人々の中に金髪の少女を探しながら、ただただ真面目に。

「…………………」

そして、日が沈むころに部屋に戻る。今日も見つかりませんでした、と疲れた様子のテルネリカから報告を受ける。種はほぼ見つからず、ようやく見つかった種も瘴気《しょうき》にやられて全て腐っていたと。

種の捜索は未《ま》だ難航中で——でも、この日は良《い》い話もあった。

「……結界塔が？」

「はい、修復が完了したようです！　結界も近いうちには！」

それは、塔の工事がついに終わったという知らせだった。

特にトラブルもなく、試運転も成功したと。

結界の展開には神の力を充填する必要があるので、今すぐに、とはいかない。けれど、二日以内には結界は元通りになりそうだと、テルネリカは嬉《うれ》しそうに言った。

「……」

コノエは、そんなニュースに自らの契約を思い出す。

三十日の契約で、今日は二十八日目だった。残りは二日。

「……間に合ったか」

「はい！　これでコノエ様にご迷惑をかけることはなくなりました！」

「……」

迷惑。テルネリカの言う迷惑とは、要するに結界が展開出来なかったらコノエはこの街の滞在を延長する必要があったということだ。

当然だ。結界もないのにコノエが街から離れたら、最上級の魔物が一匹でも現れれば街は壊滅してしまう。それが分かっていて都に帰ることなんて出来る訳がない。

……でも、今日その心配はもうなくなった。

結界は無事に目途が立ち、コノエは三十日で仕事を終える。

そうなれば、後は都に帰るだけだ。金貨を受け取って、薬でハーレムを作る。ついに、夢が叶《かな》う。とても喜ばしいことのはずで。

「………………………」

「……？　コノエ様……」

コノエがそう考えていると、テルネリカが目を見開き、何度か瞬《まばた》きをする。

そして一歩二歩と近づいて来て。

「……君は、疲れているのだろう？」

「でも、それは……」

コノエは、そんなテルネリカを止める。動きに重い疲れが見て取れた。

だから、『でも、しかし』と言い募るテルネリカを遮り、無理やり隣の部屋まで送り、休ませる。

その後、コノエはベッドに入り、目を瞑《つぶ》った。

「……」

今日も、胸のモヤモヤは一日中取れなかった。

◆

夜が明ける。コノエが帰るまであと二日。

その日は朝から街中に活気が溢《あふ》れていた。結界塔の修復が終わったという情報が出回ったからだ。

街の住民は胸を撫《な》でおろし、早朝から軽い祭りのような騒ぎになる。

そして、街はますます聖花の種探し一色に染まっていった。

全ての人がそれぞれの仕事をしつつ、暇を見つけては畑に繰り出す。全員で一センチにも満たない小さな種を探していた。

「……」

そんな中、コノエは今日も変わらず、一人で物見塔の上に立っていた。

仕事をしながら、人々の中に金色の姿を見ていた。

テルネリカ。この街の領主の娘。彼女はときに指揮をし、ときに農機具を持って作業に参加していた。

体格は周囲の大人たちの中で一際《ひときわ》小さく、しかし一際《ひときわ》活躍している。

森の神の加護があるからだ。身体強化魔法を駆使出来る彼女は大の男が数人がかりで持ち上げるものを一人で持ち上げる。

テルネリカは人々の中心にいる。人を率いて、どんどん前へ進んでいく。

彼女は、捜索において間違いなく必要な人材だった。

彼女がいる場所は明らかに効率が違う。熱意が違う。だから、その場所にいるのが当然で、一番正しくて。皆が一丸となって取り組む姿は、コノエにとっても眩《まぶ》しいもので。

「……」

……でも、ほんの少しだけ、休憩で飲むお茶が味気ない気がして。

◆

そして次の日がやってくる。

コノエが帰るまであと一日。

その日も、テルネリカは朝コノエの部屋に訪れた後、街へ下りた。

コノエの下《もと》にはいつものお茶と軽食が入ったバスケットがあった。中を見ると、何度目かの卵サンドが入っていた。

「……」

コノエは、物見塔に上って街を見る。

見下ろした先には、ここ数日と変わらない、テルネリカと街の人々の姿があった。

彼らは懸命に努力していた。それがどんなに少ない可能性でも諦めなかった。

徒労感はあっただろう。何度も無駄ではないかと思っただろう。

でも自分に出来ることを一つ一つした。決して、歩みを止めなかった。

――だからこれは、奇跡ではなく、単なる努力の結果なのかもしれない。

「……あった」

それは日が落ちかけた夕暮れ時。街の片隅、個人用のほんの小さな畑があった場所。

そこから、一人の男の震える声が街に響いた。

6

——なぜその種が生き残ることが出来たのかと言えば、偶然その場所で水路の掃除をしていたからだった。

迷宮の氾濫が始まった日。

その畑の横では小さな水路を一時的にせき止めて清掃作業をしていた。しかし氾濫が起きた時、清掃中の人間は慌て、水をせき止める板を外すことなく逃げ出した。

結果として、水路から水が溢《あふ》れ出《だ》し、横にあった畑は水に浸《つ》かった。

地上に咲いていた聖花は瘴気《しょうき》によって枯れた。でもその根には種を作り——生み出された種は土と水、二つの要素によって瘴気《しょうき》から守られた。

ミスと幸運が積み重なった結果の、奇跡のような偶然。

そして、それを信じて捜索を続けた人々の努力の結果。

——探索六日目。泥になった畑の土からただ一つの種が発見された。

◆

「……」

コノエは、塔の端に立ちながら街を見る。

魔力で強化した視線の遥《はる》か先には、歓喜に沸く人々と、その中心にいるテルネリカがいた。

街中の人々が集まる中、テルネリカは畑の真ん中で両手を合わせ、跪《ひざまず》いている。周りにも数人、同じ体勢の人間がいた。

『……森の神に、祈りを』

遠くからテルネリカの声が聞こえてくる。

すると、地面から緑色の光が溢《あふ》れてくる。それは地面に置かれた一粒の種に集まり、強く光を放つ。既に日が落ちた空を森の色に染め上げて。

「――」

コノエの視線の先で、変化が起こり始める。

ほんの小さな種から芽が出て、根が伸び始める。瞬《また》く間《たま》に茎を伸ばし、太くなり、その先端に蕾《つぼみ》を付ける。

そして、蕾《つぼみ》が開き――。

——大輪の花が咲く。菊の花に似た花弁だ。

白く輝く、夜空に浮かぶ月のような花が一輪咲いた。

『『『『――――!!』』』』

夜空に歓声が響く。

喜び合い、抱き合う街の住人達。

そんな人々の真ん中で花は咲いたときと同様に急激にしぼんでいく。花が茶色くなって、花弁の根元が膨らむ。実が出来てその実もまた、枯れていって。

『……』

テルネリカが、実の下へ手を差し出す。実が割れて、中から小さなものがいくつも飛び出してくる。

——それは、幾十もの種だった。

テルネリカはその種を大切に袋の中に移す。

同時に、花の周りの緑の光もだんだんと弱まっていった。

「……」

そんな街の様子を、コノエは一人遠くから眺め——。

「……?」

——ちょうどそのとき。新たな光が街を覆った。

花の光が消える間際《まぎわ》。今度は緑ではなく青い光が街を包んだ。

コノエは驚いて——しかし、嫌な気配ではなかった。

なので落ち着いて首を巡らせ、光の出所を確認する。

「……結界塔？」

街の中心にある結界塔。そこから光と、神力が溢《あふ》れている。これはつまり。

「……ああ、結界が、戻ったのか」

夜空に、青い光が広がっていく。境界神の色だ。

光は空に紋様を作って、街全体を包み込んでいく。

『『『『『————！！！！！』』』』』

街中に、先ほどよりさらに大きな歓声が轟《とどろ》く。良《い》いことが続けざまに起きたからだろう。

コノエはその声を聞きながら……残心の意味を込めて周囲の敵を探知する。

「……」

……特に問題はない。敵はおらず、街は結界に包まれている。

コノエは小さく息を吐く。それが、この街でのコノエの仕事が終わった瞬間だった。

◆

それからしばらくの時間が経《た》った。その間、コノエはずっと、物見塔の上にいた。

街はお祭り騒ぎで、特に魔力で強化しなくても城まで歓声が聞こえてくる。結界は、今日直った。聖花も見つかった。だから皆笑っている。

もちろん、他はまだまだ途上だ。復興にどれくらいの時間がかかるかもわからない。しかし、今日ばかりはと皆全力で騒いでいた。

「……」

コノエはそんな街から離れた物見塔の椅子に座っている。

一人で座るには、広い椅子。そこに腰を落ち着け、もうすっかり冷えたお茶を飲む。それはテルネリカが朝に渡してくれた残りだった。

「……」

コノエは小さく息を吐く。

少し肌寒い気がして、でも部屋に戻る気にはなれなかった。一人で戻るには、胸の中で感情が渦巻き過ぎていた。

何の感情かはコノエには分からない。知らない感情だった。

その感情を言い表すには、コノエは一人で生きるのに慣れ過ぎていた。ずっと一人だったから、他の人間が交ざると自分の感情すら分からなくなる。

……分からない。コノエには何も分からない。

なぜ、目を瞑《つぶ》るとテルネリカの顔が浮かぶのかも分からない。分からないのに、そのままこの街の生活は終わろうとしている。そうなれば、コノエはまた元の通りに……。

「…………」

……コノエの視線が、自然と下がる。足元を見る。

そこには物見塔の石畳があった。自分だけがいる場所。他の誰もいない場所。そんな場所に、コノエは一人でいて……。

「…………？」

……でも、ふとコノエは気づく。

足元の方から音がした。足音だ。体重の軽い、少女のような。

「……！」

「──コノエ様！」

声がする。階段から、少女が顔を出す。

金髪の少女。息を切らしたメイド服の少女が、この三十日間傍《そば》にいた声と共にやってくる。

「ごめんなさい。遅くなりました」

「……」

テルネリカの頬は、赤く染まっていた。首筋に、髪の毛が張り付いていた。

周囲の気温は、日が沈んだ後で、少し肌寒いくらいで。

……きっとここまで走ってきたのであろうと、そんな姿だった。

「コノエ様、お隣、よろしいでしょうか？」

「……ああ」

「ありがとうございます」

テルネリカが、コノエの横の空いたスペースに座る。

最初から空いていた場所だ。二人で座るには狭い椅子。でも何故《なぜ》かコノエが空けて座っていた場所。

――コノエの隣に、テルネリカがいた。

「……」

そして、テルネリカの体がコノエに向かって傾く。それはいつか、初めて物見塔の上で寄り添ったときのように。

――とん、と。テルネリカの肩が、頭が、コノエに触れる。

――少し遅れて、体温が伝わってきた。

「……」

「……」

無言の時間があった。コノエはもちろん、テルネリカも口を開かなかった。

聖花のことや結界のことなど、いくらでも話題はあるはずなのに。テルネリカは口を閉じて、コノエの傍《そば》に寄り添っていた。

ただただ、温度だけがあった。言葉はなくて、ほんの少し触れた場所が温かくて、それだけだった。

「……」

でも、それが。その温度が。

長い、長い間、ずっと知らなかった人の温《ぬく》もりがそこにあったから。

コノエは、ほんの少しだけ、目の奥が熱くなる。

胸の深い場所に、テルネリカの体温が触れているような気がした。

「…………」

「…………」

街の灯《あか》りと喧騒《けんそう》は遠く、月明かりと吐息の音があった。

狭い物見塔の上に二人がいた。二人だけだった。

時折風が吹いて、冷たくて。でも、だからこそ触れた場所の輪郭がわかる気がして。

「…………あ」

そんなとき、ふと、風が一際《ひときわ》強く吹く。風は温度だけでなくテルネリカの髪も運んで、流れた髪が夜空の下にふわりと広がった。

「——」

――月と星の青白い光に照らされた、一瞬の輝き。

それは、つい目を細めてしまうような。ずっと、ずっと見ていたくなるような、そんな綺麗《きれい》な金色で――。

◆

――そして、どれくらいの時間が経《た》っただろうか。

沈黙を破ったのは、テルネリカだった。

「……………コノエ様」

「……………ああ」

「私は、コノエ様に『ごめんなさい』と言わなければなりません」

……？　ごめんなさい？

なぜ、テルネリカが謝らなければならないのだろうとコノエは思う。

「私は、あなたを少しだけ、理解していました。あなたがどういう人か、私は知っていました」

「……君が、僕を？」

「ええ、少しだけ、ですけれども」

だって、三十日近く、あなただけを見ていたんですもの、と。

テルネリカはコノエに囁《ささや》く。どこまでも優しい声で。吐息が耳に触れそうな距離で。

……そして、だから、と。

「だから、コノエ様——本当はあなたに伝えたいことが沢山ありました」

「……」

「もっと、したいことがありました。……もっと、傍《そば》にいたかった」

そこまで言ってテルネリカは小さく息を吐く。

「でも、出来ませんでした。私は、シルメニアの家に生まれたから。貴族として生まれ、育ったから。街を、守らなければなりませんでした。それが、父と母、兄に託された役目でした」

「……聖花を」

「はい、私は聖花を守らなければなりませんでした。民の先頭に立たなければなりませんでした。……結果として、中途半端《ちゅうとはんぱ》になってしまいましたね」

コノエは、そこで初めてテルネリカの方を向く。テルネリカは、寂しそうな顔で、潤んだ瞳でコノエを見ていた。

コノエはそんなテルネリカに息を呑《の》む。

「だから、ごめんなさい」

「……」

「あなたは私を救って下さいました。あの日、なにも為《な》せないままに死のうとしていた私を見つけ出し、抱き上げて下さいました。この街を、私の大切なモノを、守って下さいました」

感謝しています、と。あれほど、温かかったものを私は知りません、と。

テルネリカは軽くコノエの腕に頬を擦り寄せるようにする。

「……でも」

──それなのに、私はあなたに何も出来ませんでした、と。

テルネリカは悲しそうな、後悔するような声で言う。

コノエはそんな言葉に、咄嗟《とっさ》に否定したくなる。

そうではない。そうではないはずだった。コノエはきっと、テルネリカに。

「……ごめんなさい」

「……」

──しかし、謝るテルネリカにコノエはその言葉を伝えられない。

コノエは己の感情を人に伝えられない。そういう生き方をしていたからだ。コノエは何も出来ない。魔物を殺せても、死病を治せても、強くなっても、アデプトになっても。

コノエは自らの気持ちを口にすることも出来ない。

コノエはずっと、いつまでも、コミュ障のままだった。

「……だから、せめて」

「……」

「最初の約束だけは、必ず果たします」

コノエが何も言えないうちに、ふと、テルネリカが立ち上がる。椅子から離れて、一歩二歩と歩き出す。

そして、振り返ってどこまでも優しい顔で、笑った。

「――？」

――コノエは、それになぜか。違和感を覚えた。

その雰囲気と、最初の約束という言葉に、理屈ではないあやふやな予感があった。

なにか、大切なモノが間違っているような。

約束という言葉の意味は分からないけれど、酷《ひど》く嫌な予感がして……でもコノエは何と言えばいいか分からなくて。

「……テルネリカ？」

「はい」

やっと絞り出した言葉に笑顔が返ってくる。

テルネリカは悪戯《いたずら》っぽく笑って。

「コノエ様、もう買う屋敷《やしき》は決めましたか？」

「……い、いや」

「……そうですか。いい屋敷《やしき》を買ってくださいね？」

テルネリカは唐突な話題を口にしたかと思うと、それでは、と姿勢を正し――。

――深く、深く頭を下げる。

「――コノエ様、この度の救援、誠にありがとうございました。街を、民たちを救ってくださったこと、いくら感謝してもしきれません。この御恩、終生忘れないことをここに誓います」

「――」

「あの日、あなた様に出会えたこと。紛れもなく、それが私の人生で一番の幸運でした」

――その言葉は。どこまでも真剣で、よどみがなかった。

深い感情がこもっているのが分かるような、そんな言葉だった。コノエでも疑えなくなりそうな、そんな言葉だった。

そして、言葉の終わりから数拍置いて。

「コノエ様。コノエ様が屋敷《やしき》を買ったら、遊びに行ってもいいですか？」

「……え、あ、ああ」

少し崩れた口調の、テルネリカの問い。

コノエは狼狽《うろた》えながらも頷《うなず》く。すると。

「――ありがとうございます」

テルネリカは幸せそうに。本当に嬉《うれ》しそうに笑う。

その笑顔に、コノエは目を奪われる。……しかし、コノエはやっぱり何も言えなくて。

そうしている間にテルネリカは一礼し、では、と言い残して踵《きびす》を返《かえ》す。走り出す。狭い物見塔の上。すぐに階段へと辿《たど》り着《つ》き。

――中に、消えてしまう。テルネリカが、見えなくなる。

コノエは彼女を引き留めたかった。でも出来なかった。

混乱していた。先ほどのテルネリカは、まるで別れを告げるようで、でも、それは。

「……明日も、あるだろうに」

そうだ、コノエは明日の昼に契約を終えて都へ帰る。

けれど、明日の朝はまだ街にいる。いつものように朝テルネリカが来てくれたら、また会えるはずなのに。そう思って――。

◆

――翌朝。テルネリカはコノエの部屋を訪れなかった。

第五章　金色

THE HOLE IN MY HEART CANNOT BE FILLED WITH REINCARNATION

1

——その日、朝早くに転移門が起動した。

それを、誰に教わるまでもなくコノエは知っていた。

アデプトとして鍛え上げたコノエの感知能力は、たとえ眠っていたとしても近くで大きな魔力が動けば勝手に目が覚める。警戒する。

……だから、コノエは誰かが転移門でこの街からどこかへ移動したことを知っていた。

◆

「……」

朝、部屋にはテルネリカは来ず、来たのは別のメイドだった。

彼女はいつかテルネリカの家族について聞いたメイドだ。彼女はテルネリカの代わりにコノエの部屋を訪れて朝食と服の用意をしてくれた。

食事は美味《おい》しかった。服はきちんと整えられていた。

でも、コノエの頭の中にあるのはテルネリカのことだけだった。

「……」

昨晩の様子が気になっていた。別《わか》れ際《ぎわ》の言葉も。最初の約束とはどういう意味なのか。そして朝の転移門。

酷《ひど》く嫌な予感がしていた。間違っている気がした。

段々と、コノエは不安になってきて、しかし何も分からない。

「……テルネリカは」

「……申し訳ありません。姫様は、本日は体調を崩しておられます」

コノエが問いかけると、メイドは目を伏せて言う。

それにコノエはそうか、と返し、それなら治癒魔法をと言うと、既に城の治癒魔法使いが診たので必要ないと返ってくる。

「……姫様にも顔を見せられないときがあります。申し訳ありません。どうかご理解ください」

「……そう、か」

そう断言されるとコノエは何も言えない。

今すぐにでも確認したかった。しかし、コノエは顔を見せられないと言われて、そんなもの知るかと言える人間ではない。そんな生き方はしていない。

加えて、メイド越しでも会えないと言われたことに、コノエは狼狽《うろた》えていた。誰かに拒絶されるなどいつものことなのに、テルネリカに言われたと思うだけでなぜか体の動きが鈍くなった気がした。

「……」

コノエは俯《うつむ》き、せめて安全の確認だけでも、とテルネリカの気配を探りたくなって、しかしそれは間違った行動だった。

だって明らかにプライバシーの侵害だ。そこに人がいるかどうかくらいならともかく、個人が誰かを分かるくらいに探知したら、周囲一帯の人間が今何をしているのかも分かってしまう。

……コノエは、真面目であると決めているから、正しくない行動は出来ない。

「……」

そもそも、そういう強硬な手段をとるには、確証がない。コノエが不安になっているだけだ。その不安も、昨日ちょっとテルネリカの雰囲気がおかしかった、転移門が起動した、それだけだ。半日早い別れの言葉があった。それだけだった。

嫌な予感がすると言っても、事情を知っていそうなメイドは落ち着いているし、全部気のせいなのではないかという気もしてくる。

……今朝来なかったのも、特別な理由があるんじゃなくて、ただ世話をするのが嫌になっただけかもしれないし。いや、むしろそっちの方が可能性が高い。だって、今まではそれが普通だったでしょう？

「…………………………」

「ところでアデプト様、一つご報告が。転移門の起動準備が進行中です。都への転移はちょうど昼になるはずです」

「…………そうか」

ますます俯《うつむ》くコノエに、そこに新しい情報がやってくる。

それは、コノエが都に帰る時間の通達だ。仕事が終わる時間。この街と、テルネリカと、最後になる時間。

「……」

コノエは、どうすればいいのか分からなくなる。

テルネリカへの心配と嫌な予感と自己否定がぐちゃぐちゃに混ざって、自分が何をしたいのかすら分からなくなってくる。

……そして、そんなコノエを尻目に、時間だけが過ぎていって――。

◆

――何の脈絡もなく、それがやってきたのは、そんなときだった。

もちろん期待していたテルネリカではなく、他の異物だけれど。

「──？」

大きな音が響いた。ガシャン、と。突然、何かが割れるような音がした。

しかもただ皿が割れたような音じゃない。

この特徴的で、不協和音が入り混じっているようで、一度聞いたらなかなか忘れられないような音は。

「……そうか、瘴気核《しょうきかく》か」

コノエは、その答えにすぐに辿《たど》り着《つ》く。

瘴気核《しょうきかく》。ダンジョンの氾濫の原因。この街を襲った全ての災厄を引き起こしたもの。迷宮禍《か》は、ダンジョンが瘴気核《しょうきかく》を作り出すことで始まる。

入り口を塞ぐ封鎖結界の力で瘴気《しょうき》も魔物もせき止められているので忘れがちだが、迷宮の氾濫は瘴気核《しょうきかく》を破壊するまで終わらない。瘴気核《しょうきかく》を破壊することで、その地域は本当の平穏を取り戻す。

「破壊に成功したのか」

今の音は、以前聞いた瘴気核《しょうきかく》が砕ける音に酷似していた。

それはつまり、四十五日前に始まったこの地方の迷宮氾濫が終わったことを示していた。担当のアデプトが上手《うま》くやったのだろう。一応地中深くに探知を伸ばすと、邪悪な気配が薄れていくのが分かった。

（……続くものだな）

コノエは思う。何かといえば、昨日からの一連の流れだ。

聖花が見つかり、結界が元に戻り、そして瘴気核《しょうき》は破壊された。この街にとって良いことが立て続けに起きている。

……いやまあ、瘴気核《しょうき》については封鎖結界のおかげであまり実感はないけれど。

それで何かが変わるという訳でもないし、とコノエは思って。

「――アデプト様。今の音は瘴気核《しょうき》が破壊された音なのですか？」

「……ん、ああ」

しかし、近くに控えていたメイドは違ったようだった。

コノエの言葉に目の色を変える。そしてコノエに申し訳ありません、少し失礼しますと頭を下げて部屋から出て行った。

一体何かと思って。

『……――、と領主様――が――』

少しして、城の中が騒がしくなる。特に意識しなくても人の動きや、ちょっとした声も聞こえてくる。

（……ああ、そうか領主か）

断片的に聞こえて来た声に、コノエは理解する。

そうだ。確かテルネリカの両親と兄だ。この街の領主一族は封鎖結界を作る役目を任されていた。それなら、瘴気核《しょうきかく》が破壊された今、近いうちに帰ってくるのかもしれない。

だから城の中がバタバタとし始めたのは、きっと迎える準備をするためだ。流石《さすが》に今日は無理でも、数日中には帰ってくるだろうし。

……まあ、今日この街から去るコノエは会う機会はなさそうだが。

「……」

コノエは小さく息を吐く。

そして、少し風に当たろうと思った。メイドもいなくなったし、少し気晴らしをしたい気分だった。

◆

——コノエは、物見塔に上がる。

この数日、ずっとコノエがいた場所だ。

もう魔物を討伐する必要はなく、しかし、コノエにとっては慣れ親しんだ場所でもあった。

テルネリカといた場所。昨晩も話をした場所。その椅子にコノエは座って、街を見下ろす。

「……」

どこに行っても、浮かんでくるのはテルネリカのことばかりだった。

でも、状況が分からない。テルネリカの今が分からない。

昨日の様子も転移門も気になって、頭から離れなくて——しかしその一方で勘違いではないかと思う自分もいた。ちょっと会いに来なかったから何かあったと思うのは自意識過剰じゃないかとコノエ自身を嘲笑《あざわら》っていた。

……そうだ、そもそも——。

「——」

——僕に、テルネリカを心配する権利があるのか？

嫌な予感がしたからといって、何様のつもりだ。己はテルネリカの何なのか。雇われただけ。依頼されて、応えただけ。雇い主と雇われ人。ただそれだけだろう、と思う。

何が起きているのかは分からないが、昨日の様子を見る限り、テルネリカは自分で決めてそうしているのではないのか。それに口出しをする権利があるのか。

……ただの他人でしかないのに。まともに人と会話も出来ないコミュ障のくせに。少しテルネリカと話が出来たからといって関係者面をするつもりなのか。

「……」

コノエの中を暗い思考が駆け巡る。劣等感。自己嫌悪《けんお》。これまでの人生。過去が、本性が、今のコノエを馬鹿にしている。

そして、そう思うと頭の中がぐちゃぐちゃになってくる。分からなくなる。自分がどうしたいのかすら分からなくなる。

「…………………僕、は」

日は段々と昇りつつあって、都に帰る時間が近づいている。少し意識を向けると転移門の魔力も高まっているのが分かった。

――そのときは、刻一刻と迫ってきている。

コノエは、街を見る。人の流れ。復興のために走り回る人々。瓦礫《がれき》を取りのぞく男に、炊き出しをする女。疲れたのか日陰で休む子供に、老人たち。街の入り口の方では騎士が集まって何かをしていて……？

「………………？」

現実逃避がてら、あの騎士たちは何をしているのだろうとコノエは思う。不思議に思って、だからしばらく見ていた。なんとなく、視線だけを向けていた。

『……!!』

そうしているうちに騎士たちは何かの箱、人と同じくらいの箱を持って街の中心部へと歩いてくる。数は三つで、黒い色をしている。騎士たちは二人で一つの箱を持ち、慎重に運んでいた。

「……？」

よくよく見ると、箱の中心には白い翼の絵が描かれている。

その絵はコノエのコートに描かれている物と同じ、生命の神様を表す記号だ。

つまりあれは……神様の紋章が描かれている、人くらいの大きさの箱が何かと言えば。

「……棺桶《かんおけ》？」

……誰か死んだのか？　いつの間に？　コノエは不思議に思う。

今日か？　いや、そうとしか考えられない。昨日までなら報告が来ているはずだ。

ということは、ついさっき死んだ？

結界があるのに？　森で突発的な戦闘でもあったか？

……いいや、それにしては雰囲気がおかしい。

そもそも何かあったのならコノエを呼びに来てもいいはずだった。死にかけくらいならコノエなら簡単に治せる。たとえ死んでいても首が無事ならちょっとくらいは案外なんとかなるものだ。なのに、彼らは棺桶《かんおけ》に入れて悠長に運んでいる。急ぐ様子もなく、丁寧に運んでいる。

……というか、そもそもいつ棺桶《かんおけ》を用意した？　死んだばかりの人間に棺桶《かんおけ》がある訳がない。

――じゃあ、あの棺桶《かんおけ》の中身は、誰だ？

「……っ」

分からない。でも、心臓が跳ねた。

知らなければならない気がした。あの棺《ひつぎ》の中身を知らなければ、コノエは。

「――！」

コノエは、物見塔の上から足を踏み出す。魔力を回し、空を踏む。

そして一息のうちに棺桶《かんおけ》を運ぶ騎士たちの下《もと》へと駆けた。

騎士たちはコノエが考えている間に街の中心近くに辿《たど》り着《つ》いていて、周囲には多くの人が集まっていた。

棺《ひつぎ》の周りで跪《ひざまず》いて、両手を組んで祈りを捧《ささ》げていた。

「……騎士団長」

「！　アデプト様」

「……これは、どういう状況だ？」

コノエは騎士の中から騎士団長を見つけ、すぐ後ろに着地し問いかける。

すると騎士団長は少し目を見開いた後、寂し気な、でも誇らしそうな顔になる。

それにコノエは眉をひそめて。

「ご領主様方をお迎えしているのです」

「……？」

「ご領主様と、奥方様。そして若様を――やっと、やっと、我らは街に連れて帰ることが出来た。そのお出迎えをしているのです」

……なに？

2

「……領主に、奥方に、若？」

「はい」

コノエは騎士団長の言葉を呆然《ぼうぜん》としながら繰り返す。

そして、並べられた棺桶《かんおけ》に目を向ける。そこには確かに、三人分の棺《ひつぎ》があって。

——しかし。

「……どういうことだ？」

それはつまり、ここにいるのはテルネリカの家族だということだ。

その三人は死んでいて、こうして今日、帰って来た？

でもそれは、聞いていた話とは——。

「——領主は、封鎖結界を張っていたのではなかったのか？」

そのはずだった。氾濫した迷宮の入り口をまず第一に閉じることが、この街の領主、シルメニア家の役目だと聞いていた。

だから街にはテルネリカしかいなかったと聞いたのに。

「はい、ご領主様方は確かに封鎖結界を張っておられました。故にこそ、街の瘴気《しょうき》は薄れていったのです」

「なら、命を落とすことはありえないだろう」

封鎖結界の維持には大貴族から万全のサポートがつくはずだった。

当然だ。封鎖結界は上位の結界。誰でも張れるようなものではない。術師は希少で、死ぬのなら必ず最後だ。

「……いいえ、大貴族からのサポートは、無かったのです」

「……？」

「なぜなら、ご領主様は大貴族からの命令に背き、この街近くに開いた穴を塞いだのですから」

……なに？　……それは、どういう？

「……氾濫が始まったあの日、この街は、全ての希望を断ち切られたのです」

そう、騎士団長は語りだす。

あの日、つまり四十五日前のことを。この街に、大貴族から一つの命令が下った日のことを。その命令とは。

「――シルメニアの街に下された命令は、完全放棄でした」

「……」

「この街の近く、南に五十キロほど離れた場所に、新たに迷宮の入り口が開いたのです。そこから氾濫が始まり、瘴気《しょうき》と魔物が溢《あふ》れてきました」

目と鼻の先とも言える場所からの氾濫。邪悪は瞬《また》く間《たま》に広がり、シルメニアの街を取り囲んだと騎士団長は言う。

だから、領主はすぐに大貴族に連絡を取り、封鎖結界のサポートとアデプトの派遣を願ったと。しかし。

「その返事は、不可能、の一言だけでした。氾濫は極めて大規模で、アデプト様どころか封鎖結界の術師も、サポート要員すら足りていない。故に、シルメニアの傍《そば》に開いた入り口は放置し、もっと人口の多い地域に人員を集中させると、命令が下りました」

そのために、シルメニア家の一族に移動命令が下ったのだと。

そして、随伴には一度の転移門の起動で移動できる人数のみ認める、と言われたと。

それは、つまり……。

「しかし、それは、我らへの死刑宣告でした。その時点で、我らの生存の可能性は零になりました。何をしても駄目だったのです。なぜなら、街のすぐ近くで迷宮の入り口が開いている。瘴気《しょうき》が、際限なく噴き出してくる。どれだけ耐えても、瘴気《しょうき》の濃度が下がらない。たとえアデプト様が来て下さっても、治しても、治しても、再発する」

――そこで、コノエは考える。もし、その大貴族の指示通りになっていたらこの街はどういう運命を辿《たど》ったか。

アデプトはもちろん封鎖結界もなし、となれば、この街の周辺は瘴気《しょうき》濃度が際限なく上がり続け、数日中には超高濃度の瘴気《しょうき》に汚染されていただろう。そして死病は周囲の瘴気《しょうき》濃度が高すぎると加速する。

　コノエがこの街に来たとき、この街の住民はかなりの人数が生きていたが、それは瘴気《しょうき》濃度が一定以下に抑えられていたからだ。

　もし、濃度《それ》が際限なく上がっていたら。その場合は、一人も生きていなかったかもしれない。下手をしたら、氾濫後数日中には全員が。

　また、仮に、氾濫後すぐにコノエが来たとしても何もできなかった。瘴気《しょうき》濃度が下がらなければ、治す意味がない。治した傍《そば》から死病は再発し、いつかはコノエがパンクして全滅していただろう。

　迷宮の氾濫は、封鎖結界とアデプトの双方があって初めて対処できるものだった。

「故に、あの日、ご領主様方は我らのために命令に背き、迷宮の封鎖に向かったのです。細い、無いにも等しい希望をつなぐために。アデプト様を呼ぶのが簡単ではないことは最初から分かっていました。それでも、まず迷宮を塞がなければ、希望など何も残らない」

「……」

「あの方々は姫様に後を託し、たった三人で街の外へ向かいました。せめて、我ら騎士だけでもお供させて頂こうと思ったのですが…………『街を守って欲しい』と、そう言ってあの方々は笑ったのです。氾濫が終わるまで、決して追ってくるなと。だから、我らは……」

コノエはあの日、この街の救援に来たときを思い出す。

目の前の男は、トロールを前に一歩も引かなかった。腕を、足を失い、全身が腐り果てても。

それでも剣を下げようとしなかった。

——この男が、必死に足掻《あが》いていた姿を、思い出す。

「そして、その後、ご領主様方がどうなったのかを我らが知る術はありませんでした。しかし今日、瘴気核《しょうき》が破壊されたと聞き、我らは迷宮の入り口まで向かったのです」

「……なる、ほど」

「お三方は、入り口の前で折り重なるように倒れておられました。お互いを庇《かば》い合うように。ご遺体や衣服にはおびただしい数の傷がついており——状態から見て、死後三十日以上。きっと封鎖結界を張った後、力尽きたのだろうと思われます」

……？　いや、それは。

と、そこでコノエは眉を顰《ひそ》める。それは不可能なはずだった。だって、死後に結界が維持されるはずがない。

結界は魔法で、魔法の展開には魔力がいる。行使するだけの意志も必要だ。

だから死人が結界を展開させ続けるなどできるはずがない。

死後も魔法を行使するなど、それはもはや普通の魔法ではなく——。

「——まさか……固有魔法《オリジン》……？」

己のエゴで、世界を侵食する力。固有魔法《オリジン》ならば確かに死後も力を維持できる。しかし、固有魔法《オリジン》の展開には、世界を捻《ね》じ曲《ま》げるだけの意志が要る。欲望が要る。愛が要る。たとえどんな苦痛が襲ってきても笑い飛ばせるほどの意志。そのためならば全てを捨てられるというほどの欲望。自らを省みず、全霊をもって尽くせるだけの愛。

——コノエは、呆然《ぼうぜん》と棺《ひつぎ》を見る。

彼らは、それだけの愛をもって、街を救ったというのか。

「……」

コノエは周囲に視線を向ける。そこにはこの街の住民が集まっていた。

三千人全てが集まっているのではないかというほどの人数。ある者は領主たちの棺《ひつぎ》を見て涙を流していた。ある者はその表情に強い意志が見て取れた。ある者は歯を食いしばり、拳を握り締め、俯《うつむ》かなかった。

そして、理解する。この街の住民たちの目にいつも宿っていた力。

皆が必死に生きていた理由。笑っていた理由とは、もしかしたら。

「……」

あぁ、と。そう思う。そうだったのかと。

すとん、と。腑《ふ》に落ちた気がした。

コノエは、並べられた棺《ひつぎ》を、彼らの姿を眩《まぶ》しく思う。

コノエに彼らは理解できないけれど。そんな感情《あい》をコノエは持っていないけれど。そこまで尽くせる愛も、欲望も、己もコノエは持っていないけれど。

──でも、それでも。

──そんなコノエにも。何も知らないコノエにも伝わってくるものは確かにあった。

「……っ」

だから、伝わってきたから。コノエは、やっと一歩前に足を出せる。

コノエは、金色の影を探す。周囲に集まった人々の中にテルネリカを探す。

あの娘に、コノエは……。

「……もう一度」

テルネリカに会わなければならないと、コノエは思った。

嫌な予感とか、拒絶の言葉とか、今までの人生とか、そういうのは横に置いて、ただ、会うべきだと思った。もう一度顔を見たいと思った。

このまま、会わないままに終わるのは嫌だった。

胸の中で渦巻く感情なんて何も分からなくて、でもそれが、今のコノエの全てだった。

「……」

しかし、見るかぎりではどこにもいない。

ここで、コノエは確信する。テルネリカはやはり今この街にいない。あの少女なら、どれほど体調が悪くても両親と兄が帰ってきたのに出てこないなんてありえない。

つまり、テルネリカはやはり、朝の転移門で。

「――騎士団長」

「?　はい」

「テルネリカはどこにいる?」

「え……姫様ですか?　そういえばどこに」

その返事で、騎士団長は知らないのだと理解する。それなら、知っていそうなのは。

「……あの、メイド」

コノエは、朝のメイドを探す。そしてすぐに見つける。

数百メートル先。集まった人々の最後尾の辺りに、そのメイドは立っていた。

コノエは跳躍し、屋根を伝うようにメイドの下《もと》へと移動する。

「――おや、アデプト様。どうされましたか?」

「……」

メイドは、驚かなかった。逆にコノエを見据え、笑顔で問いかける。

それにコノエは一瞬迷い。

「……僕は」

「はい」

「……テルネリカに、会いたい」

少しの沈黙の後、一言だけを告げる。

たったそれだけの言葉。でも、コノエが今まで決して言えなかった言葉。

他者を、求める。言葉に出す。

そんな簡単なことすら、コノエはしたことがなかった。出来なかった。それが今までのコノエだった。でも、今のコノエは。

メイドはコノエの言葉に目を見開く。そして、嬉《うれ》しそうに笑い——しかし。

「アデプト様、申し訳ありませんが、私に教えられることはありません」

メイドの返事は、拒絶だった。

……コノエは、狼狽《うろた》え、目を泳がせて。

「あの方との、姫様との約束なのです。私が口を割ることはありません。許せないと言うのなら、どうぞ私の首を落としてください。死体を死霊《しりよう》術師の下《もと》に連れて行けば聞き出すことも出来るでしょう」

「……」

「私は、何があっても話しません」

……私は？　強調するような物言いだった。まるで他の者に聞けというような。

しかしメイド以外というのなら、誰がいるというのだろうか。

「アデプト様。あなた様は、都――生命魔法の学舎に戻られるべきです」

「……なに？」

「あの場所は、この国中の情報が集まる所。知りたいことがあるのなら、あそこで問うのが一番でしょう」

学舎に、戻れば？

「きっと、方向的にも、距離的にも」

「……わかった、ありがとう」

コノエは、メイドに背を向けて走り出す。

意識を城へ向けて、転移門は既に起動準備が出来ていることを探知する。

「どうか、日が暮れるまでに。姫様をよろしくお願いいたします」

後ろからそんな言葉を受けながら、コノエは城へ、転移門へと移動し――。

◆

――コノエは、都に、学舎に戻る。

そして衛兵を横目に、転移門の部屋から出て。

【…………！】

「……え？」

部屋の前。その廊下。

そこに、神様がいた。

3

――竜は、ずっと見ていた。

三十日、あの日からずっと。街と、男を見ていた。

人《エサ》が瘴気《しょうき》で死にかけていたときも、街に神の力が戻りつつあったときも。結界が元の姿を取り戻したときも、瘴気《しょうき》の核が破壊されたときも。

竜はただただ地に伏せ、ずっと見続けていた。

『……』

だから、その瞬間悟った。

男が街から消えたその瞬間を、竜は確かに理解した。

『GLU』

久しぶりに小さく唸《うな》る。そして翼を広げる。

鱗《うろこ》の上を這《は》っていた虫も、小動物も振り落として。

『GAGYA』

魔力で、消し飛ばす。小さな魔力の発露。

それは大きな音は立てなかったけれど、竜の周囲を焼き尽くした。

竜は、静かに飛び立つ。地を離れ、本来の住処《そら》へ戻り——ちらりと街を見て。

『——』

——街に背を向ける。

そして、都《いと》の方角へと飛び去っていった。

◆◇◆◇◆◇◆◇◆◇◆◇◆

「……神様？」

【……！】

コノエが扉を潜った先には神様がいた。真っ白な翼を大きく広げた神様。

神様は廊下の真ん中に立ち、コノエを見据えている。二十五年見てきた微笑《ほほえ》みとは違う、少し泣きそうな顔。初めて見るその表情に、コノエの足が止まる。

「……」

【……】

無言の時間。神様はじっとコノエを見ている。

伝わってくる雰囲気もなく、ただ悲しそうな顔でコノエを見ている。それにコノエは、臓腑《ぞうふ》の奥まで見透かされているような錯覚を覚えて。

【……！】

……でも唐突に、神様が一転して笑顔になる。

そして、驚くコノエから視線を切って、一つの部屋を指さす。

窓の先、学舎の最上階の部屋。そこはあの教官の部屋だった。

【あそこに行きなさい】

そういう雰囲気だった。

コノエは、どういうことか神様に問いかけようとして……あのメイドの言葉を思い出す。日が暮れる前にと言っていた。きっと、時間がない。

だから、一度神様に頭を下げた後、教えられた教官の部屋へと走り――。

「――ああコノエ、君か。おかえりなさい」

「教官」

「お疲れ様、と言わせてもらおうかな。初仕事が無事に終わったようで何よりだよ。君さえよければ、酒の一つでも奢《おご》ってあげたいところだけど」

――しかし、と教官はコノエに向き直る。

「それどころではないみたい。さて、何かな?」

「教えてもらいたいことがあります」

話しながら、コノエは窓から太陽を見る。

ちょうど真上のあたりにある。日が沈むまで、数時間といったところ。

「……テルネリカ。シルメニアの領主の娘について、知っていることがあれば教えてください」

また、居場所も知っているなら教えてほしいとも。

もちろん教官が知っているのかは分からないけれど、あのメイドが言うように情報が集まっているのなら、知っている人を紹介してくれないかと思い。

「…………なるほど」

「……?」

意気込むコノエに、しかし、教官の返事は小さなため息とそんな呟《つぶや》きだった。

そして、そうか、君は異世界人だもんね、と。

「うん、テルネリカ嬢について聞きたいと。なら、私はまず前提から君に話す必要があるだろうね」

「……前提?」

「うん、よく聞いて——まず、この国に、シルメニアの領主の娘なんて人物は、どこにも存在しない」

……え？

◆

それは、どういう？

コノエは混乱する。テルネリカが存在しないとは、どういうことなのかと。では昨日まで、コノエが話していた少女は。

「ああ、誤解しないでね。君と契約した少女が別人だったという意味ではないよ。テルネリカという名前の少女はいる。でも。シルメニアの領主の娘、ひいてはシルメニア家というものは存在しないということだよ」

「……？」

「君は、そこから分かっていなかったんだね。今朝連絡が来たときから君らしくないと思っていたけど。あのお方なんて、聞いた途端愕然《がくぜん》として、泣きそうな顔で転移門の前に陣取っていたくらいだ。門番はさぞ居心地が悪かっただろう」

教官が、君はあのお方に気に入られてるね。……まあ、本当は、アデプトたる君の選択にいちいち口出しするべきではないんだろうけど、と苦笑する。

しかしコノエは訳が分からない。シルメニアという家が存在しないとはどういうことなのか。

「……説明していただけますか？」

「うん、いいよ。つまり——シルメニア家は、すでに取り潰されたということだよ。今から四十五日前。例の大規模氾濫が始まった、その日に」

……取り潰し？

「何故《なぜ》か？　簡単だよ。あの街の領主はね、大貴族の命令を無視したんだよ。自らの領地を優先した。命令違反だ」

「……それ、は」

「もちろん、事情は知っているよ。愛する街が滅ぶのは悲しいことだ。五千人の命は重い。それも見知った人々だ。守りたいと思うのは当然のことだと思うよ。でも——だからと言って命令違反は許されるのかな？」

「……」

「——もし仮に、その行為が原因で、十万人都市が全滅するとしたら？」

「——！」

それは、そうだ。間違っている。

コノエにも、頷《うなず》くことなんて出来ない。

「まあ、幸いなことに、今回は人員に余裕があったから被害はなかったけどね」

そして教官は、大規模氾濫はそういう貴族がいくつか出る可能性も考えた上で計画を立てるものだし、と言う。

聞くところによると、シルメニアは色々情報を仕入れた上で背いたみたいだね、とも。歴史の長い家で周辺地域の事情にも詳しかったから、大貴族側の人員に余裕があるのを把握してたんだろう、と。

――でも、被害はなかったけれど。

「その行動が許されるわけじゃない――コノエ、聞きなさい。君の世界の貴族がどうだったかは知らないけれど、この世界の貴族は神と契約し、強力な加護を得る。貴族は契約に従い、民を守り、人口を増やし、国力を高め、そして、いずれは邪神を討ち果たさなければならない」

「……」

「だからこそ、命令が下され、それが合理的なものであったとき、より多くの人々を救うためのものであったとき、貴族に拒否権は存在しない。命令を破るのならば、当然罰が下る。シルメニアは私情で、救った数よりも多くの民を危険に晒《さら》した。故に取り潰しとなった」

教官は、貴族とはそういうものなのだと言う。

強大な力と富と権力を得て、その代わりに大きな責任と義務を背負っているのだと。

――もし、義務に背くのなら、全てを失う覚悟をしなければならないのだと。

「……そりゃあね、きっと誰もが思うよ。どうして自分の大切な人を見捨てて、知らない者を守らなくちゃいけないのかと。……でも、それが貴族だ」

「……」

「強い力には、重い義務が伴う。例外は、アデプトだけだよ。アデプトのみ、貴族の義務から解放されている。それを求めて学舎の門を叩《たた》く者も多い。守りたいものを、守るために」

「……なる、ほど」

そこで、コノエは思い出す。学舎にいた頃、周囲にいた候補者たちには、貴族出身の者が多かった。コノエは不思議に思っていた。どうして恵まれた生まれなのに、こんなに過酷な試練に挑んだのだろう、と。……それは、もしかしたら。

分かってくれたかな？　と教官がコノエに問いかける。

コノエは、一拍置いた後、一度頷《うなず》いて。

「貴族の義務について理解できたのなら、命令に反した貴族がどうなるかという話だよ」

「……はい」

「契約違反の罰則は――今回は当主も奥方も次代も全員亡《な》くなってるからね。立場のない家人だったテルネリカ嬢に関係あるのは二つ。まず一つ目が、お家《いえ》取り潰しと全財産の没収」

没収は金銭だけでなく、物品にまで及ぶ、と教官は言う。

土地や債券、宝石、家具に至るまで、全てを没収されるのだと。

「それにはもちろん、衣服なども含まれる……これが傍《はた》から見て一番わかりやすいかな。覚えはない？」

「……！」

——そこで、思い出す。メイド服だ。テルネリカはずっとメイド服を着ていた。

コノエはどうして領主の娘がそんな恰好《かっこう》をと、疑問に思っていた。

「そして、もう一つが貴族としての加護の没収。それまでの研鑽《けんさん》の全てが無意味になる。残るのは血に宿る加護のみ。……シルメニア、古きエルフの血なら、森の神の加護が残るかもね」

——封鎖結界の家なら、境界神の加護ではないかと。

そうコノエは不思議に思っていた。テルネリカも理由を聞かないでくれと言っていた。

「……」

疑問が、繋《つな》がっていく。

あの街でコノエが不思議に思っていたことは、根の所でつながっていた。

「では、ここまでが前提。さて、君の問いは——テルネリカ嬢がどこにいるか、だったかな？」

「……はい」

教官は、そこまで言って、一拍置く。

コノエを正面に見据えて、息を吸う。

「さっき、私は取り潰しになった貴族は全財産を没収されると言った。では――

――君に払う、金貨千枚。それはどこから出ると思う？」

4

――本当は、お金なんて全くなかった。

だから、こうなるのは当然だったのだと、テルネリカは思う。

「……」

転移した先の街、その中でも一際《ひときわ》大きい建物の一室。

案内された部屋の片隅にある大きなソファの上に、テルネリカは座っていた。

近くの机の上には果物が盛られた籠と、甘いジュースが入った陶器の瓶。床に敷かれている
のは毛の長い絨毯《じゅうたん》で。

「――随分と、丁重な扱い」

ポツリと、テルネリカは呟《つぶや》く。

これは一応は元貴族としてテルネリカを扱ってくれているからなのか、それとも、この後の
ことを憐《あわ》れんでせめて今くらいはと思っているのだろうか。

……後者だろうなと、テルネリカは目を瞑《つぶ》る。

「……っ」

小さく震える手を、テルネリカは押さえつける。

後悔があって、恐怖もあった。部屋の隅にある、救命用の真っ赤な魔道具を見るたびに、テルネリカは逃げ出したくなる。誰でもいいから泣きつきたくなる。

――でも、それでもテルネリカがここに居るのは。

――コノエに何も渡せないほうがずっとずっと、嫌だったからだ。

分かっていた。最初からずっと分かっていた。

もし事情を説明すれば、きっとあの人《コノエ》は許してくれる。それなら仕方ないと言ってくれる。金なんか気にしなくていいと言ってくれる。

分かっている。分かっていたんだ。

テルネリカはずっとコノエを見ていた。コノエは、そういう人だった。

「……でも、私が、嫌だった」

あんなに、頑張ってくれたのに。

あんなに、助けてくれたのに。

七日七晩もかけて、三千人も助けてくれたのに。

眠っていても、魔物が近づくと飛び起きていた。魔物が街に入らないようにと、誰よりも気を遣ってくれていた。民を、街を、テルネリカと家族の大切なモノを守ってくれた。

普通は、あそこまでしない。テルネリカは元貴族であるが故に、普通のアデプトがどういうものかを知っている。

その性質上自由を認められていて、我が強い者しかいないため、たとえ契約してもどれくらい働くかはアデプト次第だ。

邪悪である魔物とは、戦うだろう。日が昇っている間は治癒もしてくれるだろう。しかし、それ以上はしない。基本的な働きはするけれど、あとは追加料金次第、なんてアデプトも多い。

……だから、コノエが生き残っていた民を全て助けてくれたことは、ただただ、コノエの優しさだった。一度礼を言ったとき、コノエは『優しいのではなく仕事に対して真面目でありたいからだ』、と謙遜したけれど、それだって、何を真面目とするかを決めたのはコノエ自身だ。

当然のように人に手を差し伸べることを、コノエは真面目と決めた。これを優しさと言わずに、何を優しさと言うのか。

間違いなく、シルメニアの街はコノエの優しさに救われたのだ。

「だから、そのお礼をしなければいけない」

泣きついて、なかったことにしてもらうなんて、テルネリカ自身が許せなかった。

せめて最初の約束……契約だけは果たさないと、自分で自分が許せなくて――。

――そして、だからこそ、テルネリカはコノエに真実を話せなかった。

だって、伝えたらコノエはきっとお金を受け取ってくれない。そういう人だ。テルネリカはそう知っていたから、そんな恩も恥も知らない真似、出来るはずがなかった。

それはコノエの三十日間を貶《おとし》める行為だ。

始まりの日、テルネリカを治し、救ってくれたコノエを貶《おとし》める行為だ。

「――」

……そうだ、あの日。

コノエがテルネリカを見つけ出してくれたこと。抱き上げてくれたことを貶《おとし》めることなんて、テルネリカに出来るはずがない。

だって、だって。

「――あんなに、あったかかったのに」

テルネリカは、あの瞬間を忘れない。きっと、命が尽きるそのときまで、忘れない。

あのとき、テルネリカは死にかけていた。死病の末期だった。全身が痛くて、苦しくて。目も見えなくなって、息をすることも難しくて。

もう、死ぬしかなかった。死ぬ以外にテルネリカに未来はないはずだった。

『……ああ、君のことは治す。心配しなくていい』

でも、それなのに。テルネリカを抱き上げてくれた腕が、あった。

その腕は優しくテルネリカを包み込んで、治癒魔法をかけてくれた。心配しなくていいと語りかけてくれた。見えるようになった目には、あの人のテルネリカを気遣うような眼差《まなざ》しが映っていた。そしてその全てが本当に温かくて、安心して……。

──だから、それが。テルネリカの初恋だった。

テルネリカはあの温《ぬく》もりに、優しさに、恋をした。

「……ふふ」

あのときのことを思うと、テルネリカはこんな状況でも笑みが漏れる。

幸せな記憶。これから、どれほど痛みがあっても、苦しくても、血を吐いても、幸せだったと胸を張って言える。そんな時間があった。

……まあ、少し恥ずかしい記憶でもあるけれど。

「……あそこで言う言葉じゃ、なかったかな」

あれは、コノエと交渉しているとき。シルメニアの状況、瘴気《しょうき》汚染と民たちの状況を伝えて、どうか助けて欲しいと言っていたときのこと。

『アデプト様、どうか我らの街を！　今この時も、民が苦しみ続けているのです！』

『どうか、どうか、叶《かな》えて頂けるのなら、この身、御許《みもと》に咲く聖花《はな》のように……っ……ぁ、ごぼっ』

「──本当に、恥ずかしい」

テルネリカは頬に手を当てる。熱を持った感触。きっと赤くなっている。

だって、あれは特別な言葉だ。エルフの女なら、人生で一度は言ってみたい言葉。古のエルフの神殿に安置された神像。その足元に咲く石の花を元にした、誓いの言葉だった。

あんな血まみれの体で言うことじゃない。交換条件で言うことでもない。おまけに最後まで言うことも出来なかった。血を吐いて中断した。

もし母が生きていたら呆《あき》れて天を仰いだだろう。

父なら聞かなかったふりをしてくれて、兄なら腹を抱えて笑っていたかもしれない。

「でも、思わず言いたくなるような、恋をしたの」

本気で、恋をしていた。

傍《そば》にいるだけで、幸せだった。言葉なんかいらなかった。いるだけでよかった。

幸せで、ずっとコノエを見ていて。

「――」

――だから、少しだけコノエのことを理解できた。

誰よりも強いのに、優しいのに。心に深い傷を負った人。

他者を疑い、口を噤《つぐ》んでしまった人。何も信じられず、己自身を何よりも嫌っている人。

テルネリカは、そんなコノエの力になりたいと思った。

寄り添って、語りかけて、温《ぬく》もりを伝えて。もっと、してあげたいことがあった。話したいことがあった。

でも、テルネリカには家族から任された役目があったから。愛する家族たちの、最期《さいご》の望みだったから。だから、決して投げ捨てることは出来なかった。

結局、何もかもが中途半端《ちゅうとはんぱ》。それが、テルネリカは残念で、悲しくて。

……だからこそ、テルネリカは誓う。

「――コノエ様、せめて最初の契約だけは、必ず果たします」

◆◇◆◇◆◇◆◇◆◇◆

「では――君に払う、金貨千枚。それはどこから出ると思う？」

「……！」

都の学舎、その教官室。

そこでコノエは、教官の言葉に愕然《がくぜん》とする。

テルネリカと交わした契約。金貨千枚。

今聞いた話が事実ならば、到底払える金額ではない。

ならば、どうやって――。

「さて、じゃあ、まずこれを君に渡しておこうかな」

「――え？」

「目的地は既に設定済みだよ。壊さないように注意してね？」

教官が口を開けたままのコノエに一つの魔道具を渡す。

訓練でも使ったことがある道案内用の魔道具だ。一度設定すれば、目的地に着くまでその方向を指し示してくれる魔道具。

「転移門は起動が間に合うかは微妙なところかな。おそらく処置は日が沈んだ後すぐに行われる。黄昏《たそがれ》の時間が最も良《い》いと言われているから」

「……あの」

「それなら、私達アデプトなら走ったほうが早い。なに、十分に間に合う距離だよ」

コノエは、まだよく状況が理解出来ていない。

結局金貨千枚の話はどうなったのかと。

「――では、準備が出来たところで、大事な話だよ。よく聞いて？」

教官はコノエの肩をポンポンと叩《たた》く。

そして、真剣な顔になって。

「すでに学舎には連絡が来ている。金貨千枚の送金の連絡。それは、ある街の錬金工房から今朝届いた」

「錬金、工房？」

「コノエ、君は売体というものを知っているかな？」

……ばいたい？

「……いえ」

「簡単に言うと、体の一部を売り払う行為だよ。我ら人の体は、時に錬金術や魔法の触媒となりうる。例えば、髪などが代表的だね」

「……」

「髪、血、そして時には、肉体そのものも。有用性が特に高いと判断されれば、許される。……ああ、安心して。死人も欠損も出ないから。ほら、上級の治癒魔法があれば腕や足の一本や二本再生できるでしょ？」

………まさか。

軽い教官の口調とは裏腹に、嫌な予感がコノエの背筋を這《は》いあがってくる。教官の言葉の先を、段々と予想できてくる。

しかし、そんなコノエに教官は食い詰め者たちが時折やるんだよ、と続ける。

誰でも身一つで稼げる方法だから、と。基本的に、後遺症は残らないし、結構な額をもらえるんだ、と。

——でも。

「でもね、デメリットが一つあるんだ」

「……それは？」

「痛いんだよ。死ぬほど、痛い。苦しい。異なる魔力の反発やその後の利用を考えると、睡眠も鎮痛も魔法が使えないんだ。薬《ますい》も使えない。だから、処置の間、痛みに耐え続ける必要がある。……その苦痛故に、時に脳の一部が歪《ゆが》んでしまうこともある。人格が変わってしまうことも」

「――」

「そして……負債が高額な場合、それを何度も繰り返す。金貨千枚なんて簡単には稼げない。一度では駄目だ。生きながらに体を裂かれて、死にかけて、生き返されて、というのを何度も何度も。何日も何日も。生と死の境で苦しみ続ける」

そうだね、例えば……一度が金貨三十枚なら、と教官は言う。

そのときは、三十日以上苦しみ続けることになるね、と。

「――さて、ここまでの話に、質問はあるかな？」

「……」

「ないのなら、君に伝えることはあと一つだけだ」

教官はコノエの目をしっかりと見据えて――。

「――古き血のエルフ、その心臓は、封鎖結界の触媒になるんだよ」

5

——その瞬間、竜は時が来たのだと悟った。

故に、顔をその方角へ向け全力で加速した。

◆◇◆◇◆◇◆◇◆◇◆◇◆

「——なぜ!!」

——疾走《はし》る。疾走る、疾走る。

コノエは学舎を飛び出し、空を踏みにじって走りだす。全力で魔力を回す。魔力が高まり、臨界を超え、白雷が宙に弾《はじ》ける。

瞬《またた》く間《ま》に速度を上げ、空気の壁を越える。

空気抵抗を減らすため一息に高高度まで上昇し、魔道具の指し示す方角へ加速する。

「なぜ⁉」

コノエは叫ぶ。理解できなかった。

先の教官の言葉。テルネリカがこれからどうなるのか。

心臓？　封鎖結界？

麻酔もなく、生きたままに？　そんな——。

『——苦痛故に、時に脳の一部が歪《ゆが》んでしまうこともある。人格が変わってしまうことも』

「なぜ、そんなことを⁉」

疑問のままに叫ぶ。その必要はないはずだった。あの少女に、そんなことをさせる必要なんて。

コノエの脳裏にテルネリカの笑顔が浮かぶ。

エルフの少女。街を守るために、死病に侵された体で歩み続けた少女。大人が発狂するほどの苦しみを抱え、それでも諦めなかった少女。

家族を失い、ただ一人残された。街を託され、財産も加護も失って、それでも笑い続けていた。街のために、戦っていた。聖花を探すのだと、泥だらけになって、人々の先頭に立ち続けていた。

そんなテルネリカが、これ以上に。

「なぜ、言わなかった⁉」

金など、ないと言えばそれでよかったのに。

別に貰《もら》えなかったからといって路頭に迷う訳でもない。アデプトになった今、金なんていくらでも稼げるのに。金がテルネリカに変えられる訳がなかったのに。

「なぜだ⁉」

◆◇◆◇◆◇◆◇◆◇◆◇◆

コノエには、分からない。何も分かっていない。

テルネリカの想《おも》いも、己が為《な》した行動の価値も。

コノエは全てを疑い、何も信じられない己を蔑み嫌悪《けんお》しているから、周囲の人間が自分をどう見ているかが分からない。どれほどの人を救って、どれほど己が感謝されているかも。

――そうだ、ほんの数時間前。

コノエは街の人々の目の光を、領主家族の行いにのみ見た。

そんな訳はないのに。街の人々はいつも、コノエの背中を見ていたのに。多くの人々が、英雄《えいゆう》の前に恥をさらさないように頑張っていたのに。

必死に歩んでいる皆の姿を見て微笑《ほほえ》んだ無欲な英雄の姿に、顔を下げずに足掻《あが》き続けることだけが恩返しになると歯を食いしばっていただけなのに。

コノエはいつもそうだ。己の行動を何もかも低く見る。仕事以上の価値を見ない。

その異常なまでの自己否定こそが、テルネリカにこの選択をさせたのに。それも分からない。

――コノエは何一つとして分かっていない。

街の皆のことも、テルネリカのことも。せめて、もっと要求していればよかった。あの街でコノエは何も求めなかった。豪華な食事も、美しい女も、価値ある物も、何一つ求めなかった。求めずに、与え続けた。コノエが真面目に働く度に、テルネリカの中には負債が溜《た》まっていった。だからテルネリカは――。

◆◇◆◇◆◇◆◇◆◇◆

「――!!」

でも、コノエには分からない。

分からないままに、全力で走り続ける。何故《なぜ》と叫びながら、空を走り続ける。音よりも速く、太陽よりも先に辿《たど》り着《つ》くために。コノエは魔道具の指し示す方角へ走り続け――。

――しかし。それはしばらく走ったときだった。

「…………は？」

コノエは呆然《ぼうぜん》と呟《つぶや》く。気配察知の範囲に、一匹の侵入者が現れた。

その侵入者は音速を超えるコノエよりも遥《はる》かに速く空を駆ける。覚えのある気配。三十日前に感じたものと同じ――。

「風の、下級竜⁉　なぜ今⁉」

竜はその力で空気を切り裂き、凄《すさ》まじい速度でコノエに迫る。

気配察知からほんの数秒でコノエの視認範囲内へと侵入する。

「──何をしに来た⁉」

分からなかった。あの日、不意打ちをしても勝てないことは証明されたはずだった。ヘカトンケイルと同時でも駄目だった。今更一匹で挑んでも結果は変わらないはずなのに。

そうだ、あれから結局、竜は結界が直るまで襲ってこなかった。だから、とうの昔に遠くへ逃げたものと思っていたのに。

コノエは、一刻を争うときに邪魔が現れたことに舌打ちし。

「まあいい、そんなに死にたいのなら」

──すぐに、撃ち落としてやろう。

コノエは思考を切り替える。鍛え上げたアデプトの思考。邪悪を必ず滅さんとする決意。

「顕現」

コノエの手に、白が集まる。光は瞬《まばた》きのうちに形を変え、純白の十字槍《やり》を形作る。

槍《やり》は感情《いらだち》に呼応して、周囲一帯に白雷を撒《ま》き散《ち》らす。

最上級以下の魔物なら僅かに触れるだけで消し飛びそうな神威《しんい》。コノエは槍《やり》を振りかぶり、竜に向けて投げ放って──。

——コノエの視線の先で、竜の口が笑みで歪《ゆが》む。

「……なに？」

——槍《やり》が、曲がる。

放たれた槍《やり》は竜の手前で、その形を変える。進む方向を変える。

そして竜への軌道から外れ、上空へと飛び去って行く。

「……まさか！」

◆◇◆◇◆◇◆◇◆◇◆

「風の、下級竜⁉　なぜ今⁉——何をしに来た⁉」

コノエのそんな言葉に、竜は少し目を見開く。

風竜は、永く永く生きてきた。多くの人を殺し、食らってきた。進化し、知能を高めてきた。

故に、この風竜は人の言葉を理解する。

『……GU』

だから、竜は思う。コノエの「何をしに来た？」という言葉を理解出来たから思う。

そうか、お前は分からないのかと、口角を吊《つ》り上《あ》げる。笑いそうになる。

『……GUUU』

──竜が、ここに来た理由。

コノエの、白き神の使徒の下《もと》にやってきた理由。

この三十日間の理由。あの日、コノエから逃げ出して、しかし街の周辺に留まった理由。

地に伏せて、街を観察し続けた理由。

身動き一つせず、鱗《うろこ》を泥で汚し、虫けらや小動物《ゴミ》に這《は》い回《まわ》られても耐え続けた理由。

──それは。

「まあいい、そんなに死にたいのなら」

そこで、竜の視線の先でコノエが槍《やり》を作り出す。そして投擲《とうてき》する。

天を埋め尽くさんばかりの白雷が竜の下《もと》へと飛んでくる。本来の竜なら、何もできずに消し飛ばされるような一撃。しかし。

「……なに？」

──竜の前方に、歪《ゆが》みが生まれる。

歪《ゆが》みは槍《やり》の軌道を曲げ、上空へと打ち上げる。

『GLU』

それが、竜が、竜が手に入れた力だ。

竜の中で渦巻く感情が生み出した力。己のエゴで世界を変える権能。

『GLUUUUU』

さて、と竜は思う。理由を問うたな、と。

何をしに来たかと。竜がここに居る理由を。

それは、そんなもの――。

『GLUUUAAAAAAAAAAAAA!!!!』

――貴様が憎いからに、決まっているだろうが!!!!

『GYAAAAAAAGAAAAAAAAAAAAAAAAAAAAAAAA!!!!!!!!』

竜は咆哮《ほうこう》する。地の底まで響けと咆哮《ほうこう》する。

胸に渦巻く憎悪《ぞうお》のままに。機会を待ち、耐え続けた怒りのままに。

……あの日コノエに殺された番《つがい》に届くように。

地の底に還《かえ》った、最愛の無念を晴らさんとするために。

『GAAAAAAAAGYAAAAAAAAAAAAA!!!!!!!!!』

憎い。憎い。憎い。憎い。憎い憎い憎い憎い憎い憎い!

憎い憎い憎い憎い憎い憎い憎い憎い憎い憎い憎い!!

憎い憎い憎い憎い憎い憎い憎い憎い憎い憎い憎い!!!!

――我が愛《おっと》を殺した貴様《コノエ》が憎い!

永い時を共に過ごした番《つがい》だった。地を這《は》うトカゲだった頃から共に生きてきた。

数百年連れ添った。確かな愛があった。いつも互いで暖を取るように眠った。

——それを。それを、それを、それを!!!!

——それを、『何をしに来た?』だと。忘れたか? それほど我が愛は弱かったか? 記憶に残らぬほどにつまらぬ敵だったか?

——いいだろう。その侮辱、受けて立とう。

——我が権能、我が怒りを目に刻み付けて逝《ゆ》け。

竜が憤怒《ふんぬ》に目を細める先にはコノエがいる。

コノエの顔からは侮《あなど》りが消えている。槍《やり》を弾いた直後からコノエは空を駆けながらも、構えを取り、竜から視線を切らさない。

——白き神の使徒よ。愛の仇《かたき》よ。

——これこそが我が復讐《ぞうお》である。

『GLUUUUUAAAAAAAAAAAAAAAAAAAA!!!!!!』

【固有魔法《オリジン》——我が愛は既に亡く、故に空よ共に堕ちたまえ《こんなせかいほろんでしまえ》】

竜の憎悪《ぞうお》に、世界《そら》は軋《きし》み、歪《ゆが》み出す——。

6

「——」

ガチン、とコノエの脳内で撃鉄が落ちる。

焦《あせ》りと疑問で埋め尽くされていた思考が切り替わる。鍛え上げたアデプトとしての思考が強大な邪悪を前に瞬時に戦闘状態に変化する。

災害級の固有魔法《オリジン》使い。それはたとえアデプトであろうとも油断できる相手ではない。

全世界で年に一匹出るかどうかの邪悪。災害の一つ上。一歩間違えれば数十、数百万が死ぬ、災厄案件。

「――――」

冷静な思考。魔力で加速する血流。一瞬を何百倍にも引き延ばしたような時の中。

観察する。観察して、推測する。竜の固有魔法《オリジン》は、何か。

竜の周囲に歪《ゆが》みの発生。いや違う、竜の周囲《それ》だけじゃない。

コノエは感知する。周辺空域に歪《ゆが》みが生まれ始めている。効果範囲は極めて広大。コノエは既に取り込まれている。

空域からの離脱は出来るか。検討。不可能。敵は風の竜。速度ではあちらが遥《はる》かに凌駕《りょうが》する。逃げても必ず追いつかれる。背を向ければ隙をさらす。ならばここで打ち倒すしかない。

能力の考察。歪《ゆが》み。光の屈折。何の力だ？　槍《やり》を逸《そ》らした。もしくはそう見せたか。可能性が高いのは空間系。次点で幻覚系。確かめる必要がある。思考と同時に行動する。魔道具でナイフを作り出す。全力で感知しつつ投擲《とうてき》。後方の歪《ゆが》みへ。ナイフは歪《ゆが》みに弾《はじ》かれる。速度を失う。地に落ちていく。今のナイフの弾《はじ》かれ方には覚えがある。幻覚ではない。

（──厄介だな）

空間系か、と。コノエは冷静に眉を顰《ひそ》める。

コノエはその長い訓練生活で空間系の力の使い手とも多く戦って来た。率直なイメージとしては、強力だが燃費が悪い力。実戦ではあまり使えない。すぐに魔力が尽きるからだ。

──しかし。

『GLUUUAAAAAAAAA!!』

竜が叫ぶ。その咆哮《ほうこう》に呼応するかのように、周辺数十キロの空域に歪《ゆが》みが増える。

広すぎる効果範囲。そして、コノエの槍《やり》すら歪《ゆが》めてみせた強大な力。普通ならどれほど年月を重ねた魔物でも、誉れ高き英雄であっても、すぐに魔力切れになる。

しかし、しかし、しかし、だ。

それはあくまでも普通の魔法の話で。

『GLUUUUUUUAAAAAAAAAAAAAAAAAA!!!!』

咆哮《ほうこう》。さらに歪《ゆが》みが増える。底などないとばかりに竜は吼《ほ》える。

──そうだ。固有魔法《オリジン》なら話は別だった。魔力ではなく感情を、己自身を薪に焚《く》べて発動する力。

「……」

コノエは空を駆ける、駆けながら槍《やり》を構える。待ちの構え。

歪《ゆが》みを拡大する竜に飛び込む事は出来ない。空間系にそれは自殺行為でしかない。空間系は己の領域を創り出す。そこは踏み込めば必ず死ぬ死地だった。

故に、コノエは竜を全力で観察しながらも、距離を保つために走り続け――。

『GYAAAAAGAAAAAAAA!!!!』

――来る。竜がその周囲に風の弾を作り出す。

数十の弾。それは表面に歪《ゆが》みを纏《まと》っており、光を乱反射している。

――そして、音もなく、予兆もなく弾が射出される。

音速を遥《はる》かに超える速度の弾がコノエに向かって飛んでくる。

「――」

コノエは全力で宙を踏む。加速する。弾の射線から離脱する。弾の軌道にナイフを数本置いて、百分の一秒以下の間に数十メートルを踏破する。コノエは感知する。残したナイフに弾が触れる。容易《たやす》く抉られる。確認。やはり弾は触れたものを空間ごと抉《えぐ》る力を持っている。

……これが、空間系の厄介な所だった。

曲げる、弾く――そして、抉《えぐ》る。単純な防御は不可能。硬度は関係ない。空間ごと捩《ね》じ切《き》り、抉《えぐ》る力。燃費が他より圧倒的に悪く、しかしそれでも使う者が絶えない理由。

「――！」

しかも。コノエを襲うこの弾はさらに特別だった。

追いかけてくる。速度を落とさぬままに軌道を変える。躱《かわ》したはずの数十の弾が、コノエを追いかけてくる。瞬《まばた》きの間にその背後へと迫ってきて——！

「——」

コノエは、手の中の槍《やり》に魔力を込める。白雷が奔《はし》る。

迫る弾を見極めつつ、さらに踏みこむ。弾《はじ》かれるように横へ飛ぶ。そこは襲い来る弾幕の一番端。他の弾の全てを躱《かわ》しつつ、コノエはそのうちの一つと対峙《たいじ》する。

「——」

——接触。十字槍《やり》と風の弾が、存在を賭けて激突する。

——果たして。

その軍配は、十字槍《やり》に上がった。風の弾は力を失い、空中に溶ける。

破壊は、出来る。コノエはそう理解する。

敵の弾は数が多く、速度も速い。しかし破壊出来ないほど強《かた》くはない。

……ならば。

コノエは横を通り過ぎる弾の群れを感知しつつ、十字槍《やり》に魔力を溜《た》めていく
弾が軌道を切り返し再度襲ってくるまでの一瞬、僅かな間に。

「——っ」

——そのとき。コノエは目を見開く。小さく呻《うめ》く。

それは竜の周りで風が渦を巻いたからだ。新たな弾が作り出されるのを見る。歪《ゆが》みが光を反射する。数十の弾が、またコノエ目掛けて撃ち出されて——。

◆◇◆◇◆◇◆◇◆◇◆

竜は、コノエから離れた場所にいる。

己を歪《ゆが》みの盾で覆い安全圏を飛び、しかし風の弾を断続的に射出し、宙を走るコノエを追い詰めていく。

生成速度は一秒に数十ほど。

一度作った弾は撃墜されるまでコノエを追い続ける。戦闘が始まって数分。すでに空は弾で埋め尽くされているかのようだった。

『GLUUUU』

竜は見る。唸《うな》りながら怨敵が走り回る姿を観察する。

コノエは弾が作り出す嵐の真ん中にいる。躱《かわ》しながらも十字槍《やり》を振るい、白雷で薙《な》ぎ払《はら》い、竜の弾を撃墜していく。しかし、明らかにコノエが潰す槍《やり》よりも竜が作り出す弾の方が多い。

——一秒ごとに仇《かたき》が追い詰められていく。

弾が仇《かたき》のほんの数ミリ横を通る。仇《かたき》は体勢を崩しながらも避けている。でも避けた先にはまた別の弾があって。

『――GLU』

転がるように避けている。無理な体勢で避けている。

必死に。無様に。まるで、風に翻弄される虫けらのように。

白雷の輝きは鈍っていく。撃ち落とされる弾の数も減っていく。風の弾の密度だけがどんどんと上がっていき。

『GU?』

竜は、そんな仇《かたき》の姿にあれ？　と思う。なんだ。もう手も足も出ないのかと。もっと強いと思っていた。白き神の使徒。黒き神の敵。数多《あまた》の魔物を打倒してきた、魔物の死神。

それが、固有魔法《オリジン》を使ったからといって、こんなに簡単に。

これはどういうことかと思う。仇《かたき》が弱かったのか。もしくは己が強くなり過ぎたのか。

『GUU?』

少し不思議だった。だが、考えてみれば、この力は己を極限まで強化してくれる。

空間を操る力。攻防を兼ね備えた極めて強力な固有魔法《オリジン》。

それなら、こうなるのも当然だったのだろうか。そう竜は思う。

『……』

仇《かたき》が不格好に踊る。笑ってしまいそうな程にみっともない姿。

そのあんまりな姿に、憎悪《ぞうお》に加えて滑稽さを感じる。憎いが故に嘲笑《あざわら》いたくなる。嗜虐心《しぎゃくしん》が刺激される。

弱者の踊り。これまでに見てきた人《ゴミ》と同じ姿。

そうしている間に弾が仇《かたき》の胸元をかすめるように貫く。白いコートが千切れ飛んで、そこに描かれた模様が竜の目に映る。

白翼十字。白き神の紋章。

竜の視線が吸い寄せられる。憎い紋章。しかし今は千切れ飛び無様を晒《さら》している。

それに竜は思わず、意識をコノエから逸《そ》らし——。

『——?』

——一瞬の後、視線を、戻——。

『——』

——白い雷が、もう目の前に。

◆◇◆◇◆◇◆◇◆◇◆◇◆

「——ああ」

――お前、今気を緩めたな？

その瞬間、コノエは、竜の視線が己から離れたことに気付く。

わざと打ち抜かせたコート。吸い寄せられる視線。

――だから、コノエはそれと同時に全力で十字槍《やり》を放つ。

そうだ。コノエはずっとその瞬間を狙っていた。手も足も出ずに転がっているふりをしながら、槍《やり》に魔力を溜《た》め続けていた。

最初の風弾との一合で、コノエは竜の力を大まかに測っていた。

堅い守り。簡単には破れない。だから歪《ゆが》みを貫くだけの力を溜《た》めるために時間を稼いだ。バレないようにゆっくりと魔力を溜《た》めた。十字槍《やり》を極力使わず攻撃を凌《しの》いだ。そして油断を誘っていた。隙を作り出すため、確実に一撃を当てるために――。

「――」

十字槍《やり》が空を斬り裂き、竜に迫る。

一拍遅れて竜も気付く。しかし槍《やり》は既に目前まで迫っている。僅かに軌道をずらされるも、歪《ゆが》みを打ち破り。

『GAAAAAAAAAAAAAAAA!!!!』

――竜の体を斬り裂く。半身が抉《えぐ》られる。十字槍《やり》に消し飛ばされる。

白雷が断面を焼き、侵入する。内部から竜の体を破壊する。

『GI――I』

◆◇◆◇◆◇◆◇◆◇◆◇◆

――本当は。コノエと竜の間にそこまでの力の差はなかった。

これほど簡単に決着がつくはずはなかった。固有魔法《オリジン》を手に入れた災害級、それも空間系は大半のアデプトにとって苦戦を強いられる相手だ。

しかし、にも拘《かか》わらず今のこの状況を作り出したのは、コノエの二十五年にも亘《わた》る研鑽《けんさん》の結果だった。平均の倍近く長い期間。その間にコノエは誰よりも多くのアデプトや候補生と戦い、その固有魔法《オリジン》を受けてきた。そして、積み上げた基礎能力で幾度となく打ち破ってきた。故に、コノエは固有魔法《オリジン》との戦いに慣れていた。己より強い相手との戦いばかりだった。

解析と検討。効率的に、確実に。利用できるものはすべて使って、隙をつく。隙がなければ作る。油断させる。コノエは最初の数合で竜の嘲りに気付いていた。だから利用した。それがコノエの戦い方だった。

対して竜は、いつも己より弱いものを狩って生きていた。その機動力を生かして危険な状況になれば逃げていた。常に番《つがい》と二匹で行動していた。竜の前には常に番《つがい》がいた。竜にとって戦いとは己が一方的に敵を甚振《いたぶ》る行為だった。だから、知識として敵が強いと知っていてもすぐに油断をする。隙を見せれば信じる。
——つまりこれは、なるべくしてなった結末だった。

◆◇◆◇◆◇◆◇◆◇◆◇◆

『——GI』
体から力を失い、竜がぐらりと揺れる。
それを追撃するためにコノエは新たな槍《やり》を作り出す。
「……」
コノエは槍《やり》を振りかぶる。
反撃はない。魔力の流れもない。纏《まと》っていた歪《ゆが》みは焼き切れて復活する様子もない。
手から槍《やり》が放たれる。
その一投は狙いを外すことなく竜の心臓へと吸い込まれて。
「……？」
——しかし、その瞬間。
コノエは竜の口角が上がるのを見た。

7

——ああ、失敗したな。

竜は心臓を貫く槍《やり》を感じながらそう思う。薄れていく己の命を感じながら、どこか他人事《ひとごと》のように。

体の半身は既になく、痛みも感じない。

魔法を操る事は出来ず、後はもう堕《お》ちることしか出来ない。

竜の死は確定的だった。戦いは、使徒の勝ちだった。

竜は地に向かって堕《お》ちていく。侮《あなど》ったことを、油断したことを少し後悔しながら、堕《お》ちていく。

『——』

——そう、少しだ。少しだけ、竜は後悔していた。

少しだけしか、後悔していない。する必要はない。だって。

『GU』

竜の口角が上がる。笑っている。

そうだ、竜の目的は既に達成している。だから、先ほどまでの戦いは、元より余分だった。

最初から、竜は負けても良かった。油断した理由はそこにもあった。緊張感などなかった。何故《なぜ》なら、本当は力を解放した段階で終わっていて——。

『——』

ゴン、と音が鳴る。空に響き渡る。

歪《ゆが》みが広がっていく。薄れていく視界の中で使徒が驚愕《きょうがく》の表情を浮かべる。竜は心の中で笑う。口はすでに動かない。竜は死ぬ。すぐに死ぬ。

——死ぬことで、それは発動する。

そうだ、それこそが、竜の固有魔法《オリジン》なのだから——！

◆◇◆◇◆◇◆◇◆◇◆◇◆

「——なんだ、これは」

コノエは驚愕《きょうがく》する。唐突に空に鳴り響いた音。そして、竜を討伐してもなお、広がり続ける歪《ゆが》み。その拡大は収まる様子を見せない。

明らかな異変に、コノエは全力で感知を飛ばす。囲まれている。周囲数キロの所で球状に歪《ゆが》みが出来ていて、隙間は全くない。コノエは球に完全に囚《とら》われている。

「……なぜ、殺した後に力が増している？」

固有魔法《オリジン》は死後も残るものだが、これは明らかにそういうのとは違う。

残るのではなく、死後も変化し続けている。

コノエは落ち行く竜を見る。まさかまだ生きているのかと、槍《やり》を投げる。

白い雷が広がり、竜を跡形もなく消し飛ばす。魔力を失った体は容易《たやす》く炭になる。

……竜は既に死んでいる。

これはどういうことかと……。

「……まさか」

コノエが一つ、可能性に辿《たど》り着《つ》き……しかし、そのとき。

それが動き出した。

「――？」

球状の壁が、内側に迫ってくる。

全方位からだ。内部、コノエのいる方に向かって加速してくる。段々と速度を上げる。

「これは」

コノエを中心とした球状の歪《ゆが》みがどんどん収縮する。

小さくなっていく。内へ音を立てて壁が迫ってくる。

「……壁で、押し潰す気か！」

コノエの頬が引《ひ》き攣《つ》る。

壁が加速する。数キロあった距離が、瞬《また》く間《たま》に縮まって――。

◆◇◆◇◆◇◆◇◆◇◆◇◆

つまり、竜の狙いはこれだった。

固有魔法《オリジン》。その空間を操る力は強力ではあったが、あくまでも前座だ。本質は己の死をトリガーに現れる。

竜の固有魔法《オリジン》は、発動と同時に周辺空域に歪《ゆが》みを撒《ま》き散《ち》らす。

その歪《ゆが》みは空に滞留し続け、切っ掛けが訪れるまでは動かない。しかし、時が訪れれば、爆発的に広がり、繋《つな》がる。球を形作る。一帯を包み込み、己の死と同時に近くにいる敵を捕らえ押しつぶす。

それこそが竜の固有魔法《オリジン》だ。己が生き残ることなど微塵《みじん》も考えていない。いいや、むしろ己から死にに行くための魔法。

――死ぬための、魔法。

怨敵と共に、己を殺すための魔法。

魔法を発動すれば、竜は必ず死ぬ。そして、怨敵《コノエ》以外には使えない。

死と対象の限定。故にこそ、その魔法《あい》は特別な固有魔法《オリジン》の中でもさらに特別。凡百の固有魔法《オリジン》より遥《はる》かに強い力を持つ。

【固有魔法《オリジン》――我が愛は既に亡く《こんなせかい》、故に空よ共に堕ちたまえ《ほろんでしまえ》】

その魔法はその名の通り、共に堕《お》ちるための力だ。

空間《そら》と、怨敵と、共に堕《お》ちて死ぬための魔法。

竜は愛を失い、世界に絶望し、死を願った。

最初から死ぬつもりだった。たとえ勝利しても死ぬつもりだった。固有魔法《オリジン》に目覚めるほどの愛を失った竜は、愛亡《な》き世界を生きられない。

愛が死んだ後の三十日。衝動的に死にたくなる己を、竜はただこの瞬間のために抑え続けた。

全ては怨敵をこの魔法に、歪《ゆが》みの球に捕らえるために。

竜はずっと、コノエが空へと上がる時を待ち続けていたのだから。

◆◇◆◇◆◇◆◇◆◇◆

「――おおお！」

コノエは動く。気付くと同時に動いていた。

槍《やり》に魔力を回す。白雷を、神威《しんい》を生み出す。それはコノエの周囲で球状に形を変える。コノエを守るように、邪悪を弾く神の力が壁を作り出す。

そしてその直後に壁が迫ってきて――。

「――！」

――激突。轟音《ごうおん》が響く。

神の力は衝撃に軋《きし》み――しかし、耐える。

白き神の加護。生命神の力。

翼の生えた少女。この世界の、最高神。

生命を愛し、人を愛する神の権能。かつて邪悪なるものが侵入してくるまで戦いを知らなかった神の力は、癒《いや》し、守るときにこそ真価を発揮する。

「……ふぅ」

コノエは小さく息を吐く。安堵《あんど》する。とりあえず凌《しの》ぐことは出来た。

そして、目前まで迫った壁を見る。硬く厚い、歪《ゆが》みの壁。

一目見て簡単には破れないと理解する。いや、もしかしたら全力でも破れないかもしれないほどの壁。その存在強度は今まで見た中でも、かなり上の方だとコノエは感じる。

固有魔法《オリジン》にしても異質なほどに強い力。

死を代償に発動するタイプだ、とコノエは悟る。

極めて珍しい固有魔法《オリジン》だった。知識としては知っていたが、こうして戦うのは初めてだ。

当然だ。使えば死ぬ魔法に目覚める者が沢山いてはたまらない。しかしそれでも、コノエは気づくのが遅れたことに唇を噛《か》み。

「――！」

――そのとき、コノエを守る加護がギシリと軋《きし》む。

軋《きし》んで、しかし白い盾は確かに壁を押し止《とど》める。

……精々あと数分か。ゆっくりしている時間はない。

コノエは急ぎ対処を決めなければならない。

そのためにも壁に近づき、様子を観察して。

「……」

見る限り、やはり正面から打ち破るのは難しいとコノエは思う。

目の前の壁の強度は極めて高い。絶対に貫けないとは言わないが。

「……リスクが、高いな」

破壊に失敗した場合コノエは今度こそ押しつぶされて死ぬことになるだろう。そのくらいに竜の魔法は強力だった。神様の助力を得ることが出来れば話は違うが、神様はその性質上、戦闘中の助力は守り以外出来ない。根底《ありかた》が戦から程遠いからだ。

だからこそコノエは己自身で現状を打破する必要があって。

――しかし、コノエは一つ気付く。

「……これは、貫くことは難しいが」

時間をかければ、削ることは十分に可能なのでは？

そう、間近で壁を観察したコノエは思う。

硬いが、干渉できないほどではない。時間をかければ何とかなると。何度でも神様の守りを展開しつつ、その間に削っていけばいいと。

そうだ、時間さえかければ――。

「……っ！」

――そこで、コノエは思い出す。

コノエは、歪《ゆが》み越しに太陽を見る。まだ高いところにある太陽。しかし。

「……テルネリカ」

戦闘のために切り替わっていた思考が戻る。

少女の笑顔を思い出す。今、テルネリカがどんな状況にいるのかを。

金貨千枚。家族を失い、立場を、加護を失った少女。

それでも、人々を守るために走り続けた少女。

錬金工房。エルフの心臓。日が沈む頃。封鎖結界の触媒。

『――最初の約束だけは、必ず果たします』

そうだ、生きながらに、心臓を。

「ダメだ」

それは嫌だった。コノエが嫌だった。たとえ死なないとしても嫌だった。

許せなかった。認められなかった。コノエはテルネリカに、同じ笑顔で。

「……」

――だから。

「打ち破る」

コノエは覚悟を決める。十字槍《やり》を構える。

日が落ちるまでに。必ず、何があろうとも、彼女の下《もと》に辿《たど》り着《つ》くために。

「……っ！」

――魔力を全力で流し込む。

槍《やり》が鼓動する。神威《しんい》が溢《あふ》れ出《だ》す。白雷が狭い空間の中を奔《はし》り回る。

その熱をもって、閉ざされた空間の温度が急速に上昇していく。

魔力の密度が高まる。安全を無視した急激な魔力の収束。

それは魔力の主たるコノエ自身の手をも傷つける。

槍《やり》を握る手に異変が起こる。煙が上り始める。皮が剝がれ始め、血が噴き出す。

内部の魔力路が焼かれ、激痛がコノエを襲う。傷つき、しかしその生命の魔力故に即座に修復される。そんなことを幾度も繰り返す。

でも、それをどうでもいいことだと無視する。

痛みなど、気にしていられない。それよりも、もっと。

——コノエは魔力を込め続ける。

神威武装が震え始める。際限なく注ぎ込まれる魔力に悲鳴を上げる。

長い期間、基礎能力だけを高めたコノエの魔力は、アデプトの中でも上位に入る。

その魔力が一点へと集まっていく。力が収束していく。周囲を奔る神威が形を変え、槍に纏

わりつく。

そして、待つ。一秒が一時間にも感じるような時の中。

歪みの世界。竜の殺意の中心で、コノエは十字の槍を構え——。

「——っ」

——その瞬間は、唐突に来た。

砕ける音。コノエを守っていた白い加護が壊れる。

歪みの壁が自由を取り戻し、また動きだす。コノエを押しつぶさんと迫ってくる。

——それに、コノエは何百万、何千万と繰り返した動きのままに槍を突く。

魔力で強化し、加速した思考の中。

貫ねば、死ぬ。そんな生死を懸けた一瞬。コノエの槍の白刃と歪みが距離を縮めていき。

「——!!」

――激突する。槍《やり》と歪《ゆが》み。双方が互いを破壊せんと削り合う。

その結果は――互角。どちらも譲らなかった。

コノエの槍《やり》は、歪《ゆが》みを食い破れない。歪《ゆが》みもまた、コノエの槍《やり》を弾《はじ》けない。

完全なる拮抗《きっこう》。一瞬の停滞。どちらに形勢が傾くか誰にも分からないような、そんな瞬間。

槍《やり》を握り締めるコノエと、迫り来る竜の愛。

衝撃に白き雷が迸《ほとばし》る。コノエは少し目を細め――。

「……」

――その刹那のような一時。

コノエは走馬灯のように過去を見た。

コノエは一人で立っている。

幼少期から大人になるまで、常に一人で立っている。誰もいない。いつだって一人なコノエ。そんな姿。孤立し、傍《そば》には誰もいない。

それはもしかしたら十字槍《やり》が見せたのかもしれない。

だって、その白《いろ》はコノエが虚《うつ》ろである証明だ。コノエはただ、埋めたかった。穴を満たしたかった。だから、努力した。努力してアデプトになって、しかしいつまで経《た》っても槍《やり》に色はつかなかった。

コノエは未《いま》だに分からない。何も分からない。

愛が分からない。テルネリカのことも分からない。自分の感情すら分からない。まだ何もコノエは理解できていない。

そうだ、何も、何一つとして。

だからコノエはずっと、一人ぼっちで――。

『――コノエ様、知っていますか？』

――ああ、でも、そのとき。

声がした。いつかの記憶。隣に座った金色の少女。

風の強い物見塔の上、寄り添う少女は笑っていた。

風に流れる金髪を押さえていた。楽しそうに目を細めていた。

『――風が強くても、寄り添っていれば温かいんですよ』

記憶の中で、少女が囁《ささや》く。そして、コノエに触れる。

伝わってきた温度を覚えている。だから。

（――そうか）

――その温もり《あい》をコノエは知ったから。

――純白の槍《やり》に、金の色が刻まれる。

槍《やり》に、金色が走る。純白を彩《いろど》るように装飾が生まれる。
■《あい》によって、槍《やり》が拡張される。十字槍《うつろ》の中心に光が満ちる。輝きは溢《あふ》れ、神威《しんい》武装は本来の

力を僅かに取り戻し――。

――ビシリ、と

天秤《てんびん》が傾く。歪《ゆが》みに亀裂が走る。

周囲を奔《はし》る白雷に金が混ざる。槍《やり》が歪《ゆが》みに食い込んでいく。破壊していく。一瞬ごとに槍《やり》の力は増していく。

……しかし、竜の愛は変わらない。

だって、竜は死んだ。死んだ者に先はない。何も変わらない。変われない。

だから、亀裂はどんどん数を増していく。

放射状に広がり、深さを増していき、そして。

「――ああ」

歪《ゆが》みが、砕ける。空に破砕音が響き、砕けた破片は地面へと堕《お》ちていく。

それはまるで、その固有魔法《オリジン》の名のように。竜の愛は、片割れの還《かえ》った場所へと堕《お》ちていって――。

「――」

――コノエは、生きている。コノエは、竜に勝利した。

8

——テルネリカは、窓より太陽を見る。

地平線へ沈みゆく姿を、迫り来る刻限を見続ける。

「……」

もうすぐだった。あと半刻《はんとき》も経《た》たないうちに、使いの者が部屋を訪れる。

そうすればテルネリカは。

「……っ」

震える手を、もう片方の手で押さえつける。

怖かった。恐ろしかった。心臓がバクバクと鳴り始めて、息をするのも難しくなりそうで。

——でも。

「……コノエ様」

テルネリカは、一人の男を想《おも》う。

初恋を想《おも》う。横顔を、背中を想《おも》う。

そうすれば、震えは収まる。胸に残るのは、温かい感情だけだった。

「……そうだ、コノエ様、どんな屋敷《やしき》を買うのか決めたのかな」

その感情のままに、数日前コノエとカタログを覗《のぞ》き込んだことを思い出す。

二人であれが良《い》い、これが良《い》いと話した記憶。楽しかった思い出。

「……良《い》い屋敷《やしき》を、買って欲しいな」

テルネリカはそう思う。加えて、出来れば大切にして欲しいな、とも。

まだ家を持っていないというコノエが、最初に買う屋敷《やしき》。コノエがシルメニアの仕事で稼いだ金貨で買う屋敷《やしき》。……そして、テルネリカの金貨《しんぞう》で、買う屋敷《やしき》。

「私だと思って大切にして欲しいって思うのは、流石《さすが》に少し重いかなぁ……」

自嘲するようにテルネリカは笑い──しかし、それが紛れもない本音でもあった。

たとえ、どんな形であろうとも。テルネリカはコノエの傍《そば》にいたかった。

「……」

コノエは、そろそろ都に戻ってるんだろうなと思う。

本当は、最期《さいご》にもう一度挨拶をしたかった。もう一度、手を握りたかった。

でも、そんなことをする時間はなかった。

今日、コノエの下《もと》に金貨を送るためには、早朝のうちにこちらに移動するしかなかった。

「……コノエ様」

名前を呼ぶ。沢山の、本当に沢山の想《おも》いを込めて。

思い出す。あの日のことを、何度でも思い出す。

――あの日、テルネリカは意味もなく、死にかけていた。
何もできずに、蹲《うずくま》っていた。身動き一つ取れなかった。
痛くて。苦しくて泣きたくて。心なんてとっくに折れかけていた。
本当は諦めたかった。すぐにでも逃げ出したかった。
息すら出来なかった。目も見えなくなった。
全部諦めて、見捨てて、己だけを助けてくれと言いたかった。
……でもテルネリカには出来なかった。
だってそんなことをすれば、父と、母と、兄と、三人の死が無駄になる。
強く、温かく、いつも民を想《おも》っている父だった。
美しく、優しく、民に誇られる母だった。
才に溢《あふ》れ、明るく、民に愛される兄だった。
その三人が死んで、テルネリカだけが残された。
遺志を継げるのは、テルネリカしかいなかった。
家族が愛した民を、街を、テルネリカは守りたかった。
だから足掻《あが》いた。必死に足掻《あが》いて、叫んで、進み続けた。
痛みに耐え、歩き続けた。強くあらねばと、歯を食いしばって顔を上げた。
……でも何も出来なかった。

何も為《な》せないままに、テルネリカは階段で死にかけていた。
無力感があった。後悔があった。絶望があった。
そしてそれ以上に――悲しかった。
愛する家族の死に、意味を残せなかったことが、どうしようもなく悲しかった。
口すら動かなくなったテルネリカは、ずっと胸の中で謝り続けていた。
父に謝っていた。母に謝っていた。兄に謝っていた。
ごめんなさい、ごめんなさい、ごめんなさいと。ただ謝り続けていた。
それしか出来なくて、己自身が怨《うら》めしくて。
テルネリカは、そうやって死ぬしかなかった。そのはずなのに。
『――これは、酷《ひど》いな……死病か』
そんなテルネリカを見つけてくれた人がいた。
テルネリカを救ってくれた。街を救ってくれた。愛する家族の死に、意味をくれた。
だから、テルネリカはそれだけでよかった。
あの日、コノエはテルネリカを抱き上げてくれたから。その腕が、温かかったから。
……本当に、それだけでよかった。
テルネリカは、この先の自分がどうなっても良いと思えた。だから――。
「――」

テルネリカは、日が地平線に沈んでいくのを見る。

太陽がゆっくりと隠れていくのを――。

――でも、そのとき。

「……え？」

影が、見えた。一瞬、ただの黒い点に見えたそれは。

「……あ」

――ガシャンと、音がする。

影は、テルネリカのいる隣の窓を割って、部屋へ入ってくる。

割れたガラスが宙を舞う。日の最後の一筋を受けて輝いている。

黄昏《たそがれ》色の輝きの中で、影は顔を上げて。

「――コノエ様」

◆◇◆◇◆◇◆◇◆◇◆◇◆

「――」

コノエは必死に息を整えながら、顔を上げる。

長い道のりだった。千キロ以上の道のり。普段なら容易《たやす》くとも、竜との戦闘の後で踏破するのは簡単ではなかった。体力も魔力も消耗していた。ギリギリだった。

沈んでいく日に焦《あせ》り、疲労し上手《うま》く動かない足を無理に動かした。

魔力は枯渇《こかつ》して、それでも無理やりかき集めた。

「……テル、ネリカ」

コノエは、テルネリカを呼ぶ。一歩近づく。

少女を見る。そこに、確かにいる。

「……テルネリカ」

「コノエ様」

テルネリカは、白い貫頭衣のような服を着ていた。

治癒魔法の気配はない。始まる前だ。

さらに一歩、足を踏み出す。テルネリカの全身を改めて見る。

「……良かった」

──間に合った。テルネリカは、まだ傷ついていない。

「コノエ様……なぜ」

テルネリカが呟《つぶや》く。なぜとコノエに問いかける。

それが何に対しての問いかけなのか、コノエには分からない。

なぜ、ここに来たのか、なのか。

なぜ、テルネリカの場所を知っているのか、なのか。

それとも別のなぜ、なのか。

コノエにはテルネリカが分からない。

この期に及んでも分からない。テルネリカのために命を懸けて戦っても、竜を乗り越えた今であっても分からない。

──だから、そんなコノエに出来るのは。

──ただ、己の気持ちを伝えることだけだった。

「テルネリカ、やめてくれ」

「……え？」

「金はいいから、やめてくれ」

テルネリカは、そんなコノエに大きく目を見開く。

そして悲しそうな顔になって、でも、と呟《つぶや》く。

「でも、コノエ様。そうしないと私はあなたに何も返せない」

「……」

「恩が、あるのです。返しきれないほどの恩が。だから私は」

テルネリカの言葉。切実で、少し泣きそうな。

しかし、コノエはそんなの認められなくて──。

「……違う。違うんだよ。そうじゃないんだ」

「コノエ様？」

――コノエは、生まれてからずっと、まともに動かしていなかった口を必死に動かす。永く閉じていた口は重くて、何を言っているのか自分でも分からなくなりそうで。

「――僕は」

それでも、必死に言う。己が思っていることを。

そうだ、コノエが欲しかったのは、金じゃなくて。

「僕は、物見塔の上が好きだった」

「……え？」

「君と二人で並んで、お茶を飲んだ。あの時間が、好きだった」

ようやく、気付いたんだ。それを、コノエはあの白雷の中に見た。

何度もあったわけじゃない。数えるほどしかなかったかもしれない。

――でも、コノエは、あの一時が好きになった。

温かかった。初めて知った。風は強くても、寄り添っていられた。

そうだ。それが、コノエが欲しかったものだった。それだけが、コノエは欲しかった。

ずっとそうだった。アデプトを目指して。二十五年も必死に努力して。何度も死にかけて。

そんなコノエが最初に夢見たのは。

「いてくれるだけで、よかったんだ」

「……コノ、エさま」

——それが、日本にいた頃からの夢だった。

誰かに、傍《そば》にいて欲しかった。手を握っていて欲しかった。

「……だから、どうか」

「……はい」

「君が、いいと、その、言って、くれるのなら——」

……寂しいのが嫌だった。一人ぼっちが、嫌だった。

だから、コノエは必死に話し続ける。パニックになっていて、前も後ろも分からなくなりそうで。

それでも——。

「——そば、に」

「はい！」

コノエの手が、温かいものに包まれる。

テルネリカの掌《てのひら》だった。小さな掌《てのひら》。

「あなたが、そう望んで下さるのなら」

温かな両手が、コノエの手を包み込んでいる。

コノエはいつの間にか俯《うつむ》いていた顔を上げる。すると目の前には。

——ボロボロと涙を流して、でも微笑《ほほえ》むテルネリカがいた。

「この身、御許《みもと》に咲く聖花《はな》のように——」

——その言葉は、かつての続き。

大切な、これからもずっと続いていく約束の言葉。

「——たとえ幾度《いくたび》森が陰ろうとも、永久《とわ》に、お傍《そば》に咲き続けましょう——」

黄昏時《たそがれ》の部屋は、薄暗くて、でもテルネリカの濡《ぬ》れた瞳は、微《かす》かな光に輝いていて。

コノエはその輝きに目を奪われて、少し頬が緩む。テルネリカも、目を細めて。

——そして、それが。

今回の騒動が、収まるところに収まった瞬間だった。

転生程度で
胸の穴は
埋まらない

エピローグ

THE HOLE IN MY HEART CANNOT BE FILLED WITH REINCARNATION

――これは、その後の話だ。

「や、コノエ大変だったね」

「……教官」

錬金工房の一件から一夜明けて、朝。

都の学舎、その一室でコノエは教官からふと声を掛けられる。錬金工房の街からシルメニアに都経由で向かおうとして、中継点の学舎に移動してきたときだった。

次のシルメニアへ転移する準備をしていると、ちょうどテルネリカが席を外しているタイミングで教官が現れた。

「初仕事で災厄が相手なんて運が悪かったね」

そう言って、教官は少し申し訳なさそうな顔をする。私が走って移動するよう勧めたからかなと頬を掻《か》いて……コノエはそんな教官に首を振って返す。

「……それは違います」

「うん？」

そんなこと言わないで欲しい、と思う。確かに、教官の指示通りに移動している途中襲われた。でも、コノエに責めるつもりは全くなく、むしろ感謝していた。

そうだ、間に合ったのは教官の勧めのおかげだった。あのとき、教官はわざわざ魔道具まで用意して待ってくれていた。あれがなければ、きっと間に合わなかった。

……というか、そもそも、あのタイミングじゃなくてもいずれ襲われた気もするし。だから、責めるつもりは一切ないのだと、コノエなりに精一杯教官に伝える。

「──そっか。うん、分かった。もう言わないよ。じゃあごめんなさいの代わりに……。

──災厄討伐おめでとう。強くなったね」

「──」

「君の師匠として、誇りに思うよ」

頑張ったね、と。教官が言う。

「……」

──誇りに思うよ、という言葉。コノエはそれを知っている。

教官が使う、最高の賞賛の言葉だ。

教官。あの日、コノエを甘言で連れてきて地獄のような訓練に叩《たた》き落《お》とした師匠。

誰よりも強く、厳しい師だった。苦しかった。何度も泣いた。容赦がなくて、苛烈で、幾度となく血を吐かされて──。

──でも、才能なんてこれっぽっちもないコノエを何年経《た》っても決して見放さなかった。誰よりも面倒見がいい師匠だった。コノエの今があるのは、間違いなく教官のおかげであって。

……だから、コノエはそんな師からの言葉に思わず胸の奥が熱くなる。

「……あ、ありがとう、ございます」

何とか礼を言いつつ、照れくさくて目を逸《そ》らす。

教官はそんなコノエに、優しく笑う。穏やかな雰囲気があって——。

「——で、ところで、なんだけど」

——しかし。その次の瞬間だった。

「……え？」

「ねえねえ、あの娘……テルネリカ嬢とはどうなったの？」

コロリ、と。唐突に教官が表情を変える。

ニコニコ顔からニヤリと変わる。あとついでに肘でコノエのことをつついてくる。

テルネリカがって、なんだいきなり。

「……いや、どうなったの、と言われましても」

「色々あったんじゃないの？　報酬まで放棄しちゃったんでしょ？　金貨千枚。大金だよ？良かったの？」

ニマニマとしている。ここでコノエも気づく。揶揄《からか》われているようだ。

さっきは結構本気で嬉《うれ》しかったのに、なんなんだろうと思いつつ。

「——ほら、夢はよかったの？」

「——」

夢。コノエの願いを、教官は知っている。

惚《ほ》れ薬を使って、奴隷ハーレムを作る。そのためにコノエは二十五年も努力してきた。血を吐いたのも、走り続けたのも、すべてはそのためだった。

人を信じられなくて、疑って生きてきた。

惚《ほ》れ薬奴隷ハーレムは、そんなコノエが誰かと共にいるためのただ一つの方法だと。ずっとそう思っていた。

でも――。

「……それは……僕の夢は」

「うん」

「……僕は、夢よりも……」

「うん！」

「その…………あ、いえ、なんでもないです」

「……えー⁉」

問いかけに思わず答えそうになって、コノエは口を噤《つぐ》む。

教官が不満そうな顔をして……でも無視して、顔を背けた。

「……」

どうして答えないかって、そんなこと――。

◆

「——恥ずかしくて、言えるわけがないよな」

「……え？　コノエ様、何か言いましたか？」

「……あ、いや」

思わず独り言が漏れて、テルネリカに下から覗《のぞ》き込まれる。

不思議そうな顔で、でも少し微笑《ほほえ》んでいるテルネリカから目を逸《そ》らしつつコノエは頰を搔《か》く。

「……その、なんでもないんだ」

「そうですか？」

くすくす、と笑うテルネリカに、少し背中がこそばゆくなりながらコノエは歩く。

緑の広がった坂道。そこはシルメニアの一角にある丘へと向かう道だ。

教官と別れ、都から転移してきて少し時間が経《た》った。メイドや騎士団長とも再会し、一頻《ひとしき》り礼を言われたりせめてもの感謝の印にと酒を渡されたりした後。

一通り挨拶を済ませて、コノエとテルネリカは丘の上を目指して歩いていた。

「……………」

「……………」

二人は並んで坂を上っていく。言葉は少なく、しかし雰囲気が悪いわけでもなく。ただただ上っていく。歩く道の両脇は街の中にあっても緑に覆われていて、道も荒れ果てた街中と比べてかなり整備されている。

それは、その先にある場所がシルメニアの街の中でも特別な役割を持つ場所だからで……。

「……お父様、お母様、お兄様」

坂を上りきると、何列にもわたって並ぶ真っ白な石が目に入る。

……シルメニアの墓所が、そこにあった。

◆

『──両親と兄に、報告したいのです』

今朝早く。錬金工房の街の宿で。

テルネリカが申し訳なさそうに切り出したのは、そんな言葉だった。

四十五日にも及ぶ役目を終え、街に帰ってきた三人に、娘として、妹として会いたい。その願いを叶《かな》えるために、コノエとテルネリカは丘の上まで来ていた。

「……………………」

並ぶ墓石の中でも一際《ひときわ》高いところに置かれた三つの墓石。綺麗《きれい》な真っ白な石には、神様を表す白翼十字の紋章が刻まれている。それぞれの名前とシルメニアの文字も。守り切った街の名と共に、三人は永い眠りについていた。

テルネリカは無言でしばらく墓石をじっと見つめて。

「……」

──そして、静かに一筋の涙を流す。

テルネリカは墓石の前で両手を組み、静かに膝をつく。コノエも横で同じように両手を組んだ。

標高が少し高くて、景色と風の通りがいい場所。

そこで、しばし二人で祈りを捧《ささ》げる。コノエは何と祈ればいいか悩んだ後、テルネリカに感謝していると、それだけを報告して。

「…………ありがとうございます。もう大丈夫です」

「……そうか」

少しして、テルネリカの言葉にコノエは目を開ける。

隣に目を向けると、テルネリカの目の周りは赤く染まって、しかし笑っていて──。
◆

「──でも、本当に良かったのですか？」

「……うん？」

「お金です。金貨千枚。コノエ様は要らないと言って下さいましたけれど……」

帰り道、ふと、テルネリカがぽつりとつぶやく。

申し訳なさそうに目を伏せて、やっぱり、私はコノエ様になんの報酬も渡せていませんと。

コノエはそんなテルネリカの言葉に何度か瞬《まばた》きし……。

（……さっきも同じことを聞かれたな）

教官と同じことを言うなと思った。

確認の言葉。夢は、金は良かったのかという問い。

先程は恥ずかしくて答えられなかったことで──しかし、教官と違いテルネリカは真剣な眼《まな》差《ざ》しでコノエを見ている。だからコノエもコノエなりに真面目に考えて。

「……そうだな。じゃあ、金の代わりに、茶でも淹《い》れてほしい」

「え？」

「……僕は、そっちの方がいいよ」

そうだ。コノエはそう思った。

金貨より、奴隷ハーレムより。今のコノエはお茶の方が良《い》いと思った。

「……君と飲むお茶が、好きなんだ」

コノエは、今でも多くのことが分からない。多くのことを知らない。

つい、疑いそうになることがある。それはコノエが今まで何十年も生きてきた結果であって、そう簡単に変わることじゃない。ないけれど。

——でも、コノエはテルネリカと約束をした。

黄昏時《たそがれ》の部屋の中で。これからも傍《そば》に居ようと約束した。

だから、テルネリカがそこに居てくれるのなら、それで良《い》いと思った。それが良《い》いと思えた。

分からなくても、疑ってしまいそうでも。

コノエは、テルネリカと飲むお茶が好きだと思えたから。

「——うん、やっぱり僕は、お茶の方が良《い》い」

もう一度、コノエは言う。

その言葉に、テルネリカは目をパチパチと瞬《またた》いて——少し頰を染め、力が抜けたように微笑《ほほえ》む。

「はい、じゃあ特別心を込めて、淹《い》れますね」

「……ああ」

そんな話をしながら、丘を下っていく。

途中、テルネリカは城でお茶と軽食の用意をしたいと言って、何か食べたいものはありますかとコノエに問いかける。

コノエは少し考えた後、卵サンドがいいと言って、テルネリカは、あれ私も好きです、と笑う。城に着いて、しばらく時間をかけて用意して。

——そして、二人で物見塔を上がる。少し急な階段を上っていく。

なんてことのないことを話しながら、二人で一歩ずつ歩んでいく。

「……あっ」

でもその途中、ふと、テルネリカが少し躓《つまず》く。転ぶほどではないけれど、僅かにバランスを崩す。テルネリカの手が宙を泳いで、コノエがすぐに支えて。

「……」

「……えへへ」

——二人はまた、階段を上っていく。そうしているうちに、すぐに頂上へ着く。そこは狭くて、殺風景で、風はやっぱり強くて。

……でも、寒くはなかった。

何故《なぜ》ってそれは、二人で寄り添い——ずっと、手を取り合っていたからだ。

コノエ

STATUS

基礎能力

5000 ▸ 5500

神威《しんい》武装

Lv1 ▸ Lv2

固有魔法《オリジン》

0

テルネリカ

テルネリカの言葉

エルフの女性が生涯でただ一人にだけ向けるもので、
エルフの森の中にある、古い神殿の神像が元になっている。
幾度となく魔物に襲われてもなお、太古の昔から変わらない
神像とその足元の石の聖花がモチーフ。
たとえ相手が石になって《しんで》も、己が石になるその日まで、
いいや、石になった後も愛し続けるという決意。墓は隣がいい。

あとがき

なんか電撃文庫の編集者から本にしませんかとメールが来た。多分詐欺だ。

……なんて思ったのが数カ月前のことです。なんだか本当っぽいなと一割くらい信じ始めたのがそれから数時間後のこと。ちなみにこのあとがきを書いている今が九割くらい。流石《さすが》に店頭に並んだところを見たら十割になるかな、と思っている今日この頃です。

……いや、何言ってんだこいつって思われるかもしれませんが、十年以上前、私がライトノベルに夢中になったきっかけは『キノの旅』でございまして。ついでに言えば『灼眼《しゃくがん》のシャナ』が青春でした。……そう、分かる方には分かりますが、両方とも電撃文庫です。

そんな私にとって、電撃文庫というレーベルは特別でして。そういう訳で、今この期に及んでもまさかねぇ、なんて思っています。きっと発売日当日は、日本のどこかの都市にびくびくしながら本屋に入る男が現れるでしょう。もし見かけた方がいらっしゃれば、生暖かく見逃してやっていただければ大変助かります。

――と、まあ与太話はそれくらいにしておきまして。

皆さま初めまして。ニテーロンと申します。

この度はこの作品を手にとってくださり、誠にありがとうございます。書籍として物語を世に出すのは初めての若輩者の作品ですが、楽しんでいただけたでしょうか。

この作品『転生程度で胸の穴は埋まらない』は、転生者コノエの成長物語です。

何も持っていない無色のコノエが、テルネリカや教官、神様達ヒロインとの関わりの中で、人として、アデプトとして育っていく話になります。

歩みはゆっくりでなかなか前へ進まないかもしれませんし、悩むこともあります。しかしそれでも一歩一歩しっかりと歩んでいく姿を書いていければと思っておりますので、皆さま、どうかコノエの歩みをこれからも見守っていただければ幸いです。

――それでは、最後に。

初心者で至らぬことの多い作者を丁寧に教え、相談に乗ってくださった編集のSさん、送られてくる度に目を剝《む》いてしまうような可愛《かわい》くてカッコいいイラストを描いてくださった一色さん、誤字脱字を一つ一つ訂正してくださった校正の方、その他この本の作成に関わってくださった全ての方々、私を今まで応援してくださった皆さま。この場を借りて御礼《おれい》を述べさせていただきます。本当にありがとうございました。

ニテーロン

◉ニテーロン著作リスト

本書に対するご意見、ご感想をお寄せください。

ファンレターあて先
〒 102-8177　東京都千代田区富士見 2-13-3
電撃文庫編集部
「ニテーロン先生」係
「一色先生」係

本書は、カクヨムに掲載された『転生超越者は胸の穴を埋めたい』を加筆・修正したものです。

電撃文庫

転生程度《てんせいていど》で胸《むね》の穴《あな》は埋《う》まらない

ニテーロン

◇◇◇

2025年1月10日　初版発行

発行者　山下直久
発行　株式会社KADOKAWA
〒102-8177　東京都千代田区富士見2-13-3
0570-002-301（ナビダイヤル）
装丁者　荻窪裕司（META＋MANIERA）
印刷　株式会社暁印刷
製本　株式会社暁印刷

ISBN978-4-04-916099-4　C0193　Printed in Japan

電撃文庫　https://dengekibunko.jp/

電撃文庫DIGEST　1月の新刊　発売日2025年1月10日

86―エイティシックス―Alter.2 ―魔法少女レジーナ☆レーナ～戦え！ 銀河航行戦艦サンマグノリア～― 著／安里アサト　イラスト／しらび メカニックデザイン／I-Ⅳ　本文イラスト／染宮すずめ	銀河の果てに「エイティシックス」と呼ばれる守護精霊たちを引き連れ平和を守る者たちがいた。「ヴラディレーナ・ミリーゼ、〈レジーナ☆レーナ〉――いきます！」書き下ろし＆描き下ろし多数の８６魔法少女IF！
凡人転生の努力無双3 ～赤ちゃんの頃から努力してたらいつのまにか日本の未来を背負ってました～ 著／シクラメン　イラスト／夕薙	「実はね、私……魔法が、使えなくなっちゃったの」幼馴染・アヤの悩みを解決するため、イツキは「夏合宿」へ。問題解決のカギは2人の絆!?　新たな魔法を手に、少年はさらなる高みへ飛躍する！
デスゲームに巻き込まれた山本さん、気ままにゲームバランスを崩壊させる3 著／ぽち　イラスト／久賀フーナ	大武祭の活躍で、魔王軍四天王に（勝手に）任命されたヤマモト。人族国に国外逃亡したものの、そこには攻略最前線のプロゲーマー集団・SUCCEEDと、妹のaikaがいて……やだ！　バレたらめっちゃ怒られる！
こちら、終末停滞委員会。3 著／逢縁奇演　イラスト／荻pote	突如、東京上空に他次元からの侵略の前触れを確認する。この難局に対し、終末停滞委員会は仇敵・黒の魔王と手を組み、東京防衛の総力戦に挑む――！　一方、心葉は生徒会長・エリフと行動を共にすることになり……。
錆喰いビスコ10 約束 著／瘤久保慎司　イラスト／赤岸K 世界観イラスト／mocha	ンナバドゥの策略によりかつてない危機に瀕する世紀末世界。しかし、人々は知っている。最強キノコ守りの少年二人が、決して、諦めないことを！　驚天動地！　疾風怒濤のマッシュルームパンク！　ここに堂々完結!!
人妻教師が教え子の女子高生にドはまりする話2 著／入間人間　イラスト／猫屋敷ぷしお	「後悔自体は、一切ないんです」　夫を裏切り幸せを噛みしめている最低の妻。教え子に手を出す、倫理観の欠けた教師。道を踏み外した理由は、好きな人ができたから。これは破滅するだけの橋を渡る、それだけのお話。
レベル0の無能探索者と蔑まれても実は世界最強です3 ～探索ランキング1位は謎の人～ 著／御峰。　イラスト／竹花ノート	どれだけ強くなっても「レベル0」を脱せない日向に、詩乃の兄・斗真が「スキル」というチート能力が存在することを告げる。その頃日向の妹・凛が失踪してしまい!?　コミカライズも絶好調の「レベル0」第3弾！
新作 **魔剣少女の星探し** 十七【セブテンデキム】 著／三枝零一　イラスト／ごろく	魔剣戦争が終結して、一年。母の願いで最強の魔剣使いを目指す少女リットは、大都市「セントラル」を訪れる。そこで彼女は《はぐれの魔剣》を巡る騒動から、優れた魔剣使いの少女達と剣を交えることになり――。
新作 **主人公の幼馴染が、脇役の俺にグイグイくる** 著／駱駝　イラスト／こむぴ	なぜか美少女からモテまくるラブコメ主人公みたいな男のラブコメに殺された本作の主人公、石井和希。奇跡が起きて過去に戻った彼はラブコメを避けようと奔走するが、なぜか学校一の美少女に告白されてしまい――!?
新作 **転生程度で胸の穴は埋まらない** 著／ニテーロン　イラスト／一色	転生した、努力した、英雄になった。それでも前世のトラウマから、人を信じられず孤独に苦しむコノエ。空っぽな彼に助けを求めたのは、自らの命を犠牲にしても、愛する街を助けようとする少女で――。
新作 **偽りの仮面と、絵空事の君** 著／浅白深也　イラスト／あろあ	きっかけは高校の演劇部で次の主役を決める「人狼ゲーム」のはず、だった。なのに失格者が次々と現実世界から消えていく事態に。それには学園の七不思議である、「少女の祈り像」が関係しているようで――。
新作 **彼女のカノジョと不純な初恋** 著／Akeo　イラスト／塩こうじ	学校の誰もが知る美人・つかさには彼女がいる。まだ恋を知らない私・ユキは、そんなつかさと同棲することになった。恋愛感情がなければこの関係は浮気じゃない。それに、私に限って浮気とか絶対にありえない――。

私が望んでいることはただ一つ、『楽しさ』だ。
魔女に首輪は付けられない
Can't be put collars on witches.
著 夢見夕利 Illus. 縣
第30回
電撃小説大賞
大賞
応募総数4,467作品の
頂点！
魅力的な〈相棒《魔女》〉に
翻弄されるファンタジーアクション！
〈魔術〉が悪用されるようになった皇国で、
それに立ち向かうべく組織された〈魔術犯罪捜査局〉。
捜査官ローグは上司の命により、厄災を生み出す〈魔女〉の
ミゼリアとともに魔術の捜査をすることになり――？
電撃文庫

那西崇那
Nanishi Takana
[絵]NOCO
絶対に助ける。
——たとえそれが、
彼女を消すことになっても。
蒼《そう》剣《けん》の歪《ゆが》み絶《だ》ち
VANIT SLAYER WITH TYRFING
ラスト1ページまで最高のカタルシスで贈る
第30回電撃小説大賞《金賞》受賞作
電撃文庫

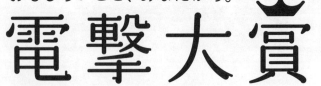